世界が完全に思考停止する前に

森 達也

角川文庫 14240

世界が完全に思考停止する前に

目次

世界は今、僕らの同意のもとにある。

いつになったら、日本は大人になるんだろう。

メディアは、どこまで無自覚に報道し続けるのだろう。

二十一世紀のメディアを生きる人々

まえがき

二〇〇四年の九月十一日、つまり今この文章を書いている二日前、僕はモンゴルの大草原にいた。ウランバートルからは車で三時間。昼はラクダに乗り、夜は羊の肉を食べながら馬乳酒とモンゴル・ウォッカを飲み、遊牧民たちが移動式住居として使うゲルに寝た。

などと書くと優雅な旅のようだが、これも仕事なのだ。ハードなスケジュールでへとへとだ。この仕事の依頼があったのは今年の前半。引き受けるかどうか少しだけ悩んだけれど、結局は承諾した理由は、九・一一のその日に、中央アジアのど真中にいることも悪くはないと考えたからだ。

九年前の三月二十日、オウムによる地下鉄サリン事件が起きてから、毎年三・二〇を迎えるたびに、どこにいて何をして何を思うかは、僕にとってけっこう切実な問題となった。やがてそこに九・一一が加わり、その翌年の九・一七に小泉首相が北朝鮮を訪問し、更にその翌年の三・二〇、米軍によるイラクへの侵攻開始が、地下鉄サリン事件に重なった。

今年の三・二〇は、新しいものが古いものを覆い隠すように、イラク侵攻からちょうど一周年として、メディアはこの日を位置づけた。この瞬間に、動機や背景の解明など何一つ為《な》されないまま、オウムは過去の出来事となった。

九・一一の記憶だって、やがては風化する。新しい吐息や驚きや喜びや悲しみなどに少しずつ覆われて、古代の地層のように、いつかはひっそりと堆積《たいせき》する。

忘却することを否定はしない。なぜなら忘れなければ、人は憎悪と復讐《ふくしゅう》でいつまでも身を焦がす。でも忘れるから、人は同じ過ちを際限なく繰り返す。

遊牧民には土地を所有するという概念がない。今夜ゲルで寝る土地は、明日は誰かの土地になり、そして明日の自分は、誰かのゲルがあった土地に寝る。この広い草原すべてが、自分のものであり、以前会った人のものであり、過去においても未来においても一度も会わない人のものでもある。

だから争いとは無縁かといえばそうではない。首都ウランバートルにおける犯罪率は、決して低くはない。十二世紀にモンゴル北部に生まれたチンギス・ハーンとその末裔《まつえい》は、現在の中国からロシア、アラブ諸国やヨーロッパにまでまたがる広大な地域を制圧し、モンゴル帝国を作りあげた。土地所有の概念がないからこそ、騎馬民族の純粋な欲望は充足することなく肥大し続け、略奪し、女を犯し、男は殺し、村には火をつけて、そして見果てぬ地へと際限なく侵攻した。

現在の首都ウランバートルの人口は約九十三万人。国民のほぼ三分の一近くが、周囲十五キロメートル足らずの中心部に密集している。舗道を歩いていれば、うっかり誰かの足を踏んだり、ぶつかったりすることも頻繁にある。そんなとき、モンゴル人たちは必ず即座に手をとりあう。旧知の間柄であろうと知らない顔であろうと、とにかく手を握り合いながら互いに詫《わ》びる。

遊牧民の男たちは、懐中にナイフをしのばせていることが多い。些細《ささい》な言い争いが、取り返しのつかない結末にエスカレートすることを、彼らは身をもって知っている。すべてが終わってから、天を仰いで後悔する結末になることを、彼らは何度も体験してきた。人はそれほど賢くない。彼らはそれを骨身に沁《し》みて知っている。だからこそ、こんな習慣が定着したのだろう。

過ちは繰り返さない。その決意はもちろん間違っていない。でも過ちを繰り返さないためには、何をどう誤ったのかを知らなければならない。記念日には涙を流し、線香を供え、過ちは繰り返しませんと墓前や記念碑に誓いながら、いつのまにか僕らは、同じ過ちを繰り返している。なぜなら過ちを犯したのは「誰か」ではなく、「自分たち」一人ひとりなのだということを、僕らはいつのまにか忘れてしまっているからだ。

誰だって知っているはずだ。世界があるから自分がいるのではなく、自分がいるから世界があるのだということを。

人は皆が思っているほどに賢くはない。でも皆が思っているほどに残虐でもない。だからこそ過ちを繰り返す。心が弱くて、優しくて、善意溢《あふ》れる生きものだからこそ、人は互いに殺し合う。

これを本気で認めることは辛《つら》い。主語を一人称にしなくてはならないからだ。

でも飢えて死んだ幼児の落ち窪《くぼ》んだ眼窩《がんか》にハエがたかっていたり、両親や兄弟が爆発で吹き飛ばされて腕や足や臓物がばらばらに散乱していたり、愛する人が炎で焦がされながら炭になったり、男たちが憎み合い殺し合うことを考えれば、その程度の辛さなど何でもないはずだ。

深夜、僕は目を覚ました。寝る前にウォッカを飲みすぎたためか、咽喉《のど》がすっかり渇いている。ミネラルウォーターのペットボトルを片手にゲルの扉を開ければ、周囲は漆黒の闇で、見上げれば世界は、まさしく満天の星空だった。

足もとに転がる馬糞《ばふん》や牛糞を踏まないように歩きながら（でもたぶん踏んだ）、僕は地平線が白み始める頃まで、夜空を見上げていた。草原はどこまでも続き、星空もどこまでも広がっている。その一点に自分がいて、そして悠久の過去から永劫《えいごう》の未来に時間は続き、その一点にこの一瞬がある。

二日が過ぎた今も、少しだけ首が痛い。

世界は今、
僕らの同意の
もとにある。

作られる聖域

二〇〇三年三月　イラク戦争勃発《ぼっぱつ》

たった今戦争が始まった。

二〇〇三年三月二十日午前十一時四十分。アメリカではテレビのゴールデンタイムの時間帯。ブッシュのテレビ演説に続き、バグダッドの夜明け前の深い蒼《あお》の空に、対空砲火の閃光《せんこう》が次々と輝き始めた。

ふと顔を上げると、窓の外には穏やかな春の陽射し。桜の梢《こずえ》でつぼみが膨らみ始めている。でもテレビの箱の中には戦争。チャンネルを変えるたびに、軍事評論家や大学教授や新聞社の論説委員らが、いろんな分析や見解を真剣な表情で喋《しゃべ》っている。立ち上がって僕は窓を開ける。一陣の風と共に、沈丁花《じんちょうげ》の香りが部屋の中に吹き込んできた。

結局何もできなかった。平和のための運動や連帯が、この程度では何の成果にも結びつかないことをブッシュは証明した。国連が如何《いか》に無力かも露呈した。「人間の楯《たて》」という戦争抑止への願いと行動が、まったく実効性を持たないことを今度の戦争は露《あら》わにした。

その意味ではアメリカが破壊するのはイラクだけではない。世界だ。侵攻は始まったばかりだというのに、瓦礫《がれき》に漂う虚無に近い虚脱感が、少しずつ世界を覆い始めている。

昨日の国会における党首討論で、アメリカへの従属を指弾された小泉首相は、イラクが大量破壊兵器を速やかに廃棄しない限りは当然の判断ではないかと言い返した。

脳細胞が欠けているのだろうか。両手を頭上に無抵抗の意思表示をしている相手に、武器を隠し持っている恐れがあると発砲することの整合性が問われているのだ。論理のすり替えにもなっていない。

今回のアメリカの武力行使への支持を表明するとき、十人中九人は北朝鮮の脅威を前提に、「緊密な日米関係を今後も持続させねばならないからだ」とその理由を説明する。

論旨として破《は》綻《たん》していることは中学生にだってわかる。しかし昨年九月以降、「救う会」や「現代コリア研究会」の運動論に、行政が萎縮《いしゆく》しメディアが従属した帰結として、日朝関係は修復不可能なまでに捩《ねじ》れきった。その後遺症が、アメリカのイラク攻撃に対しての日本国内の反対世論に、ある種の諦観《ていかん》を与え冷水を浴びせたことは事実だろう。

北朝鮮へのこの過剰な脅威を僕らが抱く理由は、八年前に遡《さかのぼ》ることができる。立て続けに起きた阪神淡路《あわじ》大震災と地下鉄サリン事件だ。この二つが、僕たちのセキュリティ意識を大きく揺さぶった。なぜなら震災は防ぎようがない。どれほどに文明が爛熟《らんじゆく》しようが、自然のちょっとした身震いで人はこれほどにあっさりと死ぬ。その虚無の深淵《しんえん》を覗《のぞ》きかけた直後に、狙いすましたように地下鉄サリン事件が起きた。

日本社会にとってのオウム事件の本質は、事件そのものよりも、事件以降の時間の経過にある。

なぜなら地下鉄にサリンを撒《ま》いて不特定多数を殺傷しようとしたその動機が、実のところは未《いま》だによくわからないからだ。間近に迫った強制捜査の目をくらますためなどと裁判では説明されたが、これに納得できる人はまずいない。事件を理解するうえで、動機の解明は何よりも重要だ。つまりオウム事件はまだ終わっていない。ぽっかりと空いた余白に、メディアは邪悪や凶暴などの語彙《ごい》を必死に嵌《は》め込んだが、でもそれで落ち着くはずがない。だからこそ、オウムに対しての過剰な憎悪は継続した。

この不安と焦燥が、ゆっくりとその後の日本社会を内側から変えていった。当然だろう。夜道を歩いていて後ろからいきなり背中を刺されたとして、その刺された理由がわからなければ、人はもう安心はできない。その理由がいつまでも明確にならないのなら、同じ道を歩くときには多くの仲間を呼びたくなるし(共同体の結束)、大きな強い存在に守ってもらいたくなるし(管理統制国家への希求)、身を守るためにナイフを買い求め(軍備増強への傾斜)たくなる。

でもこんな対症療法では、いったん芽生えた恐怖や不安は拭《ぬぐ》えない。夜空の星を眺めながら歩いていたあの時代には、もう決して戻れない。

不安はますます亢進《こうしん》し、自分が集団の構成員であることを強く実感したくなり、共同体内部の異物探しと排除が始まる。こうして「何を考えているかわからない」宗教集団や触《しょく》法《ほう》少年、精神障害者への嫌悪と恐怖は増大し、犯罪加害者への憎悪は掻《か》き立てられ、その帰結として、厳罰主義が我が世の春を迎える。

でもまだ、ひとりで夜道は歩けない。他者を疎外し排斥することの後ろめたさは、報復されることの恐怖へと輪廻《りんね》する。背中の傷が時おり疼《うず》く。ならばやられる前にやるしかない。結束をより強く実感する方法は、誰もが憎悪できる仮想敵を、共同体外部に見つけることなのだ。

そんな衝動が飽和しかけたとき、拉致《らち》事件と独裁体制という葱《ねぎ》を背負《しょ》った北朝鮮が、にここにこと右手を差し出しながら目の前に現れた。謝罪さえすれば許してくれるだろうと甘く考えながら。

究極の危機管理は、仮想敵への先制攻撃だ。大勢で共通の敵を攻撃するとき、人は一時的にせよ不安や恐怖を紛らわすことができる。だから敵が必要だ。いなければ無理にでも作りだす。

この構造は、そのまま九・一一以降のアメリカに重複する。その（大きくて強い）アメリカが、声高な正義や偽装された善意を潤滑油にしながら、捏造《ねつぞう》された仮想敵であるイラクへの侵攻を始めたとき、日本社会の選択はすでに決まっていた。すべては八年前から始まっていた。

拉致被害者へのインタビューを無断で掲載したとして、週刊朝日が異例の謝罪と大量の人事処分を発表したことは記憶に新しい。取材の経緯を聞く限りでは、謝罪は当然だ。でも逆に言えば、被取材者に内緒でテープを回すことくらい、メディアは常にやっている。今回の異例な処分に、まるで人身御供《ひとみごくう》のようだと思ったメディア関係者は、きっと僕だけじゃないはずだ。

「救う会」に権力を与え「家族会」を聖域にしてしまったのは他ならぬメディア自身だ。そしてそのメディアを支持したのは、マーケットである僕ら自身なのだ。

こうして戦争は静かに始まる。春の風に吹かれながら。何かがそっと停まる。音もなく。僕はテレビの画面から顔を上げる。でもはっきりとはわからない。地球の自転が感知できないように、世界の停止にもまた、僕らは気づくことができない。たぶん覚醒《かくせい》できるのは、すべてが終わってからなのだろう。人はずっとそんなことを繰り返している。

（中央公論二〇〇三年五月号）

戦争は嫌だという「感情」

二〇〇三年三月十一日付の読売新聞で、中曽根元総理がイラク問題について語っている。「大量破壊兵器を根絶するためにはイラク攻撃は当然で、日本は速やかに米英支持の声明を出したほうが良い。戦争反対の世論は、感情的・感傷的な要素が強すぎる」

論旨としてはそんな内容だ。大量破壊兵器を根絶するために戦争（イラク攻撃）は当然という理屈が、まずは僕にはわからない。大規模なテロを回避するためなら最小限の被害も仕方がないということだろうか。でもテロはまだ可能性であり、イラクへの攻撃は間近に迫った現実だ。イラクのバース党とアルカイダは反目こそあっても連携など現段階ではありえないこととか、このイラクへの攻撃でそれこそ逆に手を結んで抵抗が激しくなる可能性もあるとか、書きたいことはいろいろある。しかしこの連載は、北朝鮮報道への現在進行形の検証を趣旨とする。イラク問題や報道については紙幅を使えない。でもこれだけは言っておきたい。

戦争は嫌だという「感情」の何がいけないのだろう？「今後の北朝鮮問題を考えれば、アメリカとの関係を悪化させてはならない。国益としてはイラク侵攻を支持すべきだ」とテレビで言っていた大学教授。彼に対して僕はこう反論する。女や子供が殺されることを黙認しての国益など、国民のひとりとして僕は辞退する。だいたいが国益の概念が、よくわからないよ。優先すべきは、戦争による収支の予想ではなく、戦争は恐しいとの感情だ。殺されることも嫌だし殺すことも嫌だ。感情的・感傷的な要素が大切なのだ。

というところで本題。論座二〇〇三年三月号で、筑紫哲也、鳥越俊太郎、テリー伊藤、田原総一朗などテレビメディアにおける錚々《そうそう》たる顔ぶれが、北朝鮮報道を視野に置きながら現況のメディアへの批判を展開している。「救う会」の運動論に盲目的に与《くみ》するメディアの鈍感さ、異論を認めない視聴者の問題など、項目は多岐にわたる。読みながらふと思う。メディア批判は最近のメディアの風潮だ。流行と言っても良い。ではメディアは批判されて変わったのか？　あるいは変わりつつあるのか？

最高裁で無罪が確定した三浦和義氏が記者会見を開いたとき、彼の真正面からのメディア批判を、ほとんどのメディアはそのまま報道した。以前なら条件反射で黙殺していたコメントだろう。とはいえ自戒と反省があってのことじゃない。要するに不感症になりつつある。後ろめたさが消えている。もしかしたら最近の多発するメディアへの批判は、メディアの面の皮をますます厚くしてしまっただけなのかもしれない。

拉致問題から始まった二〇〇二年の九月以降、北朝鮮問題は核開発疑惑やミサイル問題で複雑化し、国交正常化などすっかり昔話になってしまった。イラクへの攻撃が局地的な紛争で終わらない可能性も大いにある。世界はもう後戻りのできない局面にまで来ている。というわけで連載は今回で最終回。批判の射程が対象に届かず、免疫系を強化させるばかりならば逆効果だ。もはや僕ごときには太刀打ちできない。メディアの自滅を待つしかないのだろうか。SMAPの新曲「世界に一つだけの花」が心に沁《し》みる。この甘くて青臭い詞に対しての批判もあるようだけど、今は素直に噛《か》み締めたい。

（文化通信二〇〇三年三月十七日号）

「歴史に残る瞬間」

イラク戦争が始まってから二十一日目の二〇〇三年四月九日午後一時、バグダッドの中心部にあるフィルドウス広場に建てられていたフセイン像が引き倒された。事実上のフセイン政権崩壊の瞬間として世界中に配信された映像だ。

ブッシュが「倒したぞ」と叫び、ラムズフェルドは「歴史に残る瞬間」と形容したこの映像は（ラムズフェルドを持ち上げるつもりはまったくないが、やはりこの描写だけを読むと、少なくとも知能指数はブッシュよりは高いのだろうとは思う。まあブッシュがひどすぎるのだけど）、引きずられるフセイン像を歓喜しながら叩《たた》くバグダッド市民の情景と相まって、強い衝撃を世界に与えた。

しかしこの映像については、米軍が仕掛けたヤラセであり、集まった市民たちは実は米軍に買収されていたとの指摘も相次ぎ、フセインではなくまったくの別人の銅像であるとの説も、一部のメディアやネットなどを通じて流布した。

闇にまぎれての出来事じゃない。白昼の広場で、世界中のメディアが注視する中での出来事なのに、なぜこうも様々な説が流布するのか、僕はそれが不思議だった。

米軍が侵攻するバグダッドに留《とど》まり続け、フセイン像引き倒しのその瞬間も現場に居合わせたアジアプレスの綿井健陽が、戦争終結後のバグダッドで取材した「フセイン像を倒した男」が、ニュースステーションの特集枠で放送された。最初に像にロープをかけた男や、台座を壊し始めた男など、像の周りに集結したバグダッド市民たちのその後を取材した好企画だった。ロープや像の顔を覆ったイラク国旗などは、確かに米軍が提供したものであり、米軍が状況に加担したことは事実だった。しかし少なくとも、目立つ動きをしていた男たちは皆、「自分たちの意思で引き倒しに参加した」と綿井のカメラの前で明言した。確かにそのほとんどはフセインの圧政に不満を持つシーア派であったことには留意せねばならないが、米軍の工作で捏造《ねつぞう》された状況とまでは断言できないようだ。

今のアメリカを批判することは簡単だし重要だ。でもこんなゴシップめいた報道を繰り返していては、例の女性兵士の救出劇の裏工作や大量破壊兵器の有無を巡る事実の捏造を暴くことすら、いつかは色褪《いろあ》せてしまう。正当性を失わない批判だからこそ実効性がある。今だからこそアメリカへの批判は、冷静に的確な急所を突かなくてはならない。

ではなぜ、大勢のメディアが見守る広場でのこの一部始終が、結果的にはこんな謀略史観もどきの報道にまで増幅したのだろう。

帰国した綿井に事情を聞いた。米軍が侵攻してくる直前に、日本のマスメディアはすべてバグダッドから撤退し、残されたのは綿井などフリーランスのジャーナリストだけだった。欧米のメディアはほとんど残って報道を続けていたのだから、日本のメディアのこの迅速な動きは群を抜いていたようだ。唯一の例外は共同通信で、一旦《いったん》は撤退したが記者の熱意で会社を説き伏せて、陥落直前にまた戻ってきたそうだ。

誤解して欲しくないが、メディアなら命がけで報道しろと声高に言う気は僕にはない。本当に危険なら撤退すべきだ。命をかける必要などない。しかし少なくとも、欧米のメディアのほとんどが現地に踏みとどまっていたことからも、危険な水域の判断に日本のメディアが突出して敏感だったことは否めない。

「でもそれも仕方がない面もあるんです」

嘆息する僕に、綿井は言った。

「現場に残りたいと頑張っていた人たちは共同通信以外にも多少はいたのだけど、本社から業務命令で撤退の指示が来るんです。それに欧米のメディアで残っていたクルーたちは皆、戦場での報道に熟練した人たちです。要するに最初から危険地域専門のスペシャリストとして局や新聞社と契約した人たちなんです。その意味では同じ正社員という立場でも、日本の場合とは雇用の形態や意識がかなり違うんです」

かつては日本経済を牽引《けんいん》した終身雇用制度だが、少なくとも現状のメディアにおいては、その意識と慣習が足を引っ張っていることは事実だろう。

特集の最後に、フセイン像を引き倒した男たちが、「当初はアメリカに感謝したが、今はそんな気持ちはまったくない」と口を揃えて断言したことを補足する。

（週刊現代二〇〇三年四月九日号）

結局大量破壊兵器って見つからなかったわけだけど……。

二〇〇三年五月、英政府が開戦前に作成した「イラクは四十五分以内に大量破壊兵器を実戦配備できる」との報告書は、SEX UP（おもしろくする、興をそえる）の産物だったとBBC（英国放送協会）が報じて、世界的な話題となった。

英政府とBBCとが激しく対立したこの報道から二ヵ月後、BBCのニュースソースと噂された英国防省顧問のケリー博士が、英下院外交委の召喚に応じた直後に遺体で発見された。当局は自殺と断定したが、他殺説も囁《ささや》かれた。

この疑惑の調査を政府から命じられた英独立調査委員会は、二〇〇四年一月末にBBCの報道は捏造だったとする最終結論を公表した。ギリガン記者を擁護し続けたBBCのデービス会長とダイク社長は、これを受けて即座に辞任した。

ここまでの顚末《てんまつ》を書きながら、僕は今「メディアの敗北」という挑発的なタイトルのテレビ・ドキュメンタリーを思いだしている。テレビ朝日系列で放送されたのは二〇〇三年末の深夜。沖縄の本土復帰に伴い米国が支払うべき補償費を、日本政府がこっそりと肩代わりするという密約の存在が、毎日新聞の紙面で明らかにされたのは三十三年前。政府の国民に対する明白な裏切りだ。

しかし機密漏洩《ろうえい》事件としての矮小化《わいしょうか》を画策する政府の意向に沿うように、情報源である外務省女性職員と記事を書いた毎日新聞の男性記者との不倫問題に報道はいつのまにかすりかわり、孤立した二人は職場を追われ、密約に対する政府責任は曖昧《あいまい》なまま、この問題は終結した。

国家の背信行為を暴いたはずのスクープが、男女間のスキャンダルに変質してしまった経緯と理由は単純だ。日米政府の密約を追及するよりも、不倫を糾弾したほうが、視聴率や部数は上がるからだ。

メディアのこの市場原理が、追及の矛先を変えたいとする政府の思惑と重なる過程が、「メディアの敗北」には克明に描かれている。その意味ではメディアにとっては敗北ですらなく、恥辱という言葉のほうが適当だろう。

虚偽の記事を書いたと断定されたBBCのギリガン記者は、トップの後を追って辞職する際に、言葉遣いに多少問題があったことは認めながらも、「報告書にはイラクの脅威への明らかな誇張があった」と再び主張した。しぶといなあ、この人。

気になるのは英国内の一部メディアの間に、BBCへの批判を優先するあまり、大量破壊兵器をめぐる政府のフレームアップを不問に付すかのような動きがあることだ。もしその事態が進むのなら、まさしくこれは英国版「メディアの敗北」だ。

でもその結論を急ぐ前に、僕はもう少しこの問題について考えたい。国営放送であるBBCを公共放送であるNHKに置き換えてみるだけで、違う側面が見えてくる。しかもイギリスは現在、戦時下なのだ。そんな特殊な状況にありながら、英国のメディア状況がこれほど健全に機能していることに、羨望《せんぼう》の気持ちすら湧いてくる。

サマワでの報道自粛を官邸と防衛庁がメディアに要請したことの本音は、明らかに夏の参院選にある。自衛隊員に不測の事態が起きたとき、あるいは逆に自衛隊員が市民に発砲したとき、いずれの場合も衝撃的な映像が全国のお茶の間に配信されたなら、とてもじゃないが参院選は闘えない。メディアにもしも事故があったとき、「だから報道は控えろと言ったじゃないか」とのアリバイ作りも狙いのひとつだろう。

いずれにせよ、「自粛を要請」なんだから放っておけばよい。だいたいが自粛は要請されるものじゃない。日本語教育を受け直したほうがよい。僕はそう思っていた。メディアが土俵に上がるから話がややこしくなる。

ところがここのところ、テレビでは現地で活動する自衛隊員たちの背中越しや足もとの映像が急速に増えてきた。新聞などに掲載される写真も同様だ。文字通りの自粛なら文句をつける筋合いはない。でももしもこの傾向が、「要請された自粛」に無自覚に反応した帰結なら、その行きつく先は容易に予想できる。

放送局というよりも個別の独立した番組の集合体という趣が強いBBCは、組織体の中での競争原理を失わず、だからこそ国営放送でありながら権力とも対峙《たいじ》できる。巨大な記者クラブのようになってしまった日本のメディアは、その構造改革を考えるべき時期を間違いなく迎えている。でもその自覚はない。なぜ断定できるのか？　あるのなら、こんなことになっていない。

（週刊現代二〇〇四年二月二十一日号）

「終わっちゃったからもういいや。」

バグダッドが陥落してから二ヵ月が過ぎた。アメリカがイラク侵攻の大義名分とした大量破壊兵器の存在やアルカイダとバース党の接点は結局不明瞭《ふめいりょう》なままだが、これを検証や追及しようとする姿勢は、マスメディアには希薄なようだ。

この理由は単純だ。情報の消費者である僕らが関心を示さないからだ。実際に今回のイラク戦争報道の視聴率は、終盤に近づくにつれて大きく下降線を描いたと聞いている。

終わっちゃったからもういいや。そんな感覚が蔓延《まんえん》している。白状すれば僕自身にも、その感覚は少しばかりある。

兵士や若い母親たちのもぎとられた手足や、少年や老人の失われた命はもう戻らない。ならばまがりなりにも民主化が実現できたのなら、異論や反論を敢《あ》えて口にすることもない。そんな気分が確かにある。

急速にイラクへの関心が沈滞したその理由のひとつは、大量に氾濫《はんらん》した映像にあると僕は考えている。今回の戦争では、侵攻する米軍や爆撃を受けるバグダッド市街の克明な映像が、連日のように僕らの家庭に届けられた。

その端的な例は、CNNが中継した戦場からの生放送だ。「ズームイン!!朝!」で地方局が紹介する温泉中継のように、今この瞬間の銃撃戦の映像が全世界に中継された。テレビ各局のキャスターやコメンテーターたちも、歴史的な瞬間ですと興奮気味だった。水を差すようで申しわけないけれど、みんな勘違いをしている。あの映像に、戦場の本質を伝える力などまったくない。スピルバーグの「プライベート・ライアン」で描写された戦場シーンのほうが、作りものなのに遥《はる》かにリアルな臨場感に溢《あふ》れていた。

九・一一の映像を評して、ハリウッド映画には真似のできないリアルな映像と言った識者がいた。そりゃそうだ。あんな映像はB級ハリウッド映画でもNGだ。もしあの映像をそのまま本篇に嵌《は》めこんだなら、何とチープで貧困な発想だと笑われるだろう。

ならばなぜ、CNNからの生中継に僕らは息を呑《の》んだのか? 世界貿易センタービルが崩落するその瞬間に画面に釘付《くぎづ》けになったのか?

これは本物だと思いながら見たからだ。その前提がないのなら、実際の映像そのものは、学生たちが作る自主制作映画の戦場シーンよりも安っぽい。

リアルな映像など実は存在しない。リアルそうに見える映像なら存在する。重要なのは、伝える側のテーマと、受け手側のイマジネーションだ。

ベトナム戦争の頃は、活字とスチール写真が戦場を伝えた。爆撃から必死に逃げる農民の姿や、銃を構える米軍兵士の横顔に、僕らはその一瞬が切りとった地獄絵図の全貌《ぜんぼう》を思い描いて煩悶《はんもん》した。なぜならそこには、撮影者の確かな意図が介在していたからだ。世界貿易センタービルに旅客機が激突する瞬間の映像に意図はない。そのほとんどは、たまたま通りかかった観光客などが持っていたビデオカメラの映像だ。

メディアが発達し映像による伝達が日常的になればなるほど、映像は意図を失い、消費しやすい情報へとパッケージ加工される。報道が錦《にしき》の御旗にする客観性や中立性などのお題目がこれに拍車をかける。こうして本質が抜け落ちた「情報としての戦場」が茶の間で再現される。だからＣＮＮの生中継は想像力を喚起しない。米軍がお膳立《ぜんだ》てを整えたフセイン像の引き倒しが、解放に沸くバグダッド市民の図に見えてしまうのもその一例だ。角度を変えれば違う情景が見えるはずだ。フセイン像の周囲には、事実、米軍の装甲車が円陣を組んでいた。しかしカメラはその発想をしないし、視聴者もその想像力を喪失している。

実感していないのに実際に戦場にいたかのような感覚に埋没するこの意識状態は、自分が死ぬことの恐怖や他人を殺すことの葛藤《かっとう》を麻痺《まひ》させる兵士の心理に近い。その麻痺がメディアを通して、全世界に毎日のように配信された。しかも兵士の麻痺は自覚的だが、この場合の麻痺は厄介なことに無自覚だ。

こうしてメディアが発達すればするほど、殺戮《さつりく》や飢饉《ききん》などの悲劇はそのリアリティを失う。何しろ携帯電話で動画を撮れる時代なのだ。誰もが無作為に映像を発信し、世界は他者の営みへの想像力をますます失い続ける。

メディアは今が正念場だ。単なる情報伝達で事足りた時代はもう過ぎた。戦場で自らが抱いた衝撃や違和感や慟哭《どうこく》を、公正中立や客観性などの幻想はドブに捨てて、主観的に伝えるべき時代は既に始まっている。

（週刊現代二〇〇三年六月二十八日号）

広がる麻痺《まひ》感

　昨日ブッシュが来日した。つまり今日の日付は二〇〇三年十月十八日。専用機の給油のついでに立ち寄った第四十三代アメリカ大統領は、和牛の鉄板焼きに大喜びをしたそうだ。一昨日まで僕は山形にいた。今年で八回目を迎える山形国際ドキュメンタリー映画祭があったからだ。とにかく毎日、朝から晩まで、世界中のドキュメンタリーを観続けていた。

　到着したその日に、「S21　クメール・ルージュの虐殺者たち」を観た。監督はカンボジア人で資本はフランスのドキュメンタリー映画だ。タイトルにあるS21とは、カンボジアがクメール・ルージュの政権下にあったときに実在した収容所を示す。一九七五年から七九年にかけて、この収容所には一万七千人が収容され、過酷な拷問や尋問が繰り返され、生き残ったのは三人だけだった。なぜあんな虐殺が遂行されたのかと疑問を持つひとりの生存者に対峙して、かつての看守たちは自分たちが加担した拷問や殺戮の場面を、ロールプレイングの手法で無表情に再現する。

「罪の意識はなかった」

「命令に従わなければ自分が粛清されていた」

激昂《げっこう》する生存者に詰問され、そんな吐息交じりの言葉を看守たちは時おり洩《も》らす。家では良き夫であり良き父親でもある彼らが、なぜ女子供も含めて無抵抗のままの一万七千人を殺戮することができたのだろう？　観客たちが抱くその疑問への答えは作品にはない。それはそうだ。答えは一人ひとりの胸の裡《うち》にある。

三年前、日本でも「日本鬼子（リーベン・クイズ）」というドキュメンタリー映画が制作された。第二次世界大戦当時、皇軍兵士として中国大陸に侵攻し、村々を焼き払い、若い女性は強姦《ごうかん》し、捕虜を嬲《なぶ》り殺しにした男たちが、すっかり好々爺《こうこうや》となった現在から当時を回想する作品だ。「内臓がドバーッと溢れてきましてね」「母親を追って子供が井戸に飛び込んだので、その井戸の中に手榴弾《しゅりゅうだん》を投げ入れました」。そんな回想を微笑交じりにつぶやきながら、かつての皇軍兵士たちは皆、どうしてあんなことをやってしまったのかなあと不思議そうに首を捻《ひね》る。

四年前に公開されたドキュメンタリー映画「スペシャリスト」は、ナチスに於《お》ける親衛隊中佐でユダヤ人を収容所に輸送する際の最大のキーパーソン、アドルフ・アイヒマンの裁判に於ける記録映像が骨子となる。血に飢えた殺戮者と検察側が形容するアイヒマンは、どこからどう見てもしょぼくれた初老の中間管理職といった雰囲気で、命令だったので仕方がなかったと消え入りそうに繰り返していた。

有史以来、戦争や虐殺はこうして絶えることなく繰り返され、必ず事後には、どうしてあんなことをやってしまったのかと人は嘆息する。この背景にあるものは、イズムの相克でもないし信仰の狂熱でもない。権益への固執でもないし、もちろん国家への愛着でもない。

言葉にすればただひとつ。それは麻痺だ。

あらゆる状況で人は麻痺を起こす。メディアの発達が皮肉なことにこれに拍車をかける。こうして麻痺はかつてないほどの速度で伝播《でんぱ》し、かつてないほどの規模で増大する。イラク戦争の生中継をお茶の間で眺めながら、いつしか戦争は宅配される情報パッケージへと変わってゆく。ベトナム戦争時、逃げまどう農民を撮った一枚の写真が喚起する悲惨さはもうどこにもない。自動小銃を構える黒人兵の横顔に浮かぶ虚無もない。なぜならモニターの中に展開するバグダッド市街の映像を眺めながら、僕らは「他者への想像力」を日々衰退させつつあるからだ。認めよう。僕らはそんな時代に生きている。

「テロ根絶を目指して」

アメリカに協調することの理由を小泉はそう説明した。本気で言っているのならお粗末すぎる。テロなどやる気になれば僕一人でできる。資金は煙草や酒場に使う金を二ヵ月ほど貯めればそれで充分だ。根絶を本気で目指すのなら、ジョージ・オーウェル描くところの徹底した管理社会を世界規模で実現するしかない。

グローバル化やメディアの進化を背景に、かつてないほどのスケールで麻痺は蔓延《まんえん》しつつある。同時にテロへの不安を理由に、街には監視カメラが溢れ、管理統制社会の到来も現実になりつつある。なるほど。戦争で荒廃するか、国家に管理されるか。どうやら究極の選択の時代を、僕らは迎えつつあるようだ。

（Ｉｎｖｉｔａｔｉｏｎ二〇〇三年十月号）

自衛隊派遣

どうもよくわからない。イラクへ自衛隊を派遣することへの慎重論が、今頃になってどんどん高まっていると言う。アルカイダを名乗る人物が、自衛隊がイラクに一歩でも乗り込んだら報復すると発表し、現地で外務省職員が殺害されたことがその理由だと何かで読んだ。

不思議だな。当然予測できた事態じゃないか。なぜ今頃になって騒ぐのだろう。

かつてビン・ラディンは、アメリカの核攻撃を受けた国として日本の名を挙げた。彼としては、親愛の情を示したつもりなのだろう。ならばその時点でアルカイダに対し、対話を呼びかけるとか幾つかのオプションはあったはずだ。日本はそれができる国だった。およそ一世紀前、西欧列強の侵略に対峙《たいじ》するために生まれた大アジア主義という防衛圏思想は、やがて付和雷同というメカニズムによって求心力の欠落したファシズムへと変質し、その帰結として最悪の大量破壊兵器がもたらす二度の惨禍と、連合国に名を借りたアメリカの占領までを体験し、さらに驚異的な復興まで成し遂げた、世界に唯一無比の国なのだ。憎悪と恐怖とでヒステリー状態になったアメリカと、それに引きずられる世界、更には報復の執念と信仰の空白とで敵意の固まりになったアルカイダやイラクの残存勢力に対しても、違う視点からモノが言える国だった。だからこそ、結局はアメリカの攻撃を支持した日本に対し、アルカイダが逆恨みする可能性は充分に予測できたはずだ。

それともうひとつ。危険だから自衛隊を派遣できないという論理が、僕にはどうしてもわからない。専守防衛にせよ侵攻にせよ、自衛隊は危険な任務を前提にした組織のはずだ。巡洋艦や戦車は何のためにあるのだろう？　何のために演習を重ねてきたのだろう？　軍隊が危険な局面を迎えることは当たり前だ。危険な局面を迎えるから軍隊なのだ。そんな覚悟もないままにこの国は、自衛隊という軍隊を、戦後半世紀にわたって保持し続けてきたのだろうか。

重火器が貧弱すぎるとか、正当防衛の場合しか攻撃できないから標的になるだけだと主張する人がいる。でも長年実戦を積んできた米軍にだって多大の被害が出ている。当たり前だ。なぜならイラクは戦場だからだ。要するに如何《いか》に武装しようが憲法を変えようが、危険な任務であることは変わらない。

いずれにせよ我らが首相はブッシュに追随した。確か八ヵ月前、過半数の世論は北朝鮮の脅威を理由に派遣を支持したはずだよね。忘れたとは言わせない。この国が標的になるリスクくらい、当然承知していたはずだよね。

その程度は予測したうえで、アメリカに追随したのだと思いたい。今さら後には引けないよ。これで派遣を中止すれば、確かにアルカイダの嚇《おど》しに屈することになる。それは世界に禍根を残す。

どうしてこんなことになってしまったのか？　答えは単純だ。僕らが選択したからだ。

（朝日新聞二〇〇三年十二月二日付）

ブッシュ大統領の死刑宣告

二〇〇三年十二月十六日、ブッシュ米大統領は米ABCテレビとのインタビューで、イラクのフセイン前大統領の処遇はイラク国民が自ら決める問題としながらも「究極の裁きを受けるに値するヘドが出るような暴君。極刑にすべきだ」と語った。

ブッシュがフセインへの極刑（要するに死刑だ）を口にした。欧米や中東からは反発の声も出ているようだが、先進諸国ではアメリカと並んで数少ない死刑存置国の日本は、やっぱりこの発言も当然のこととして支持するのだろうか。

ところで死刑の意味は何だろう？　犯罪の抑止効果がないことは既に廃止国の統計で明らかだし、何よりも執行はすべて非公開という現行制度では、抑止目的という理由は明らかな論理矛盾を起こす。ならばと被害者遺族の心情を理由に挙げる人は多い。要するに敵討ちだ。

人は誰でも衝動や欲望を抱え、それを抑制しながら生きている。ところが犯罪被害者の場合は、復讐《ふくしゅう》というネガティブな感情が社会から無条件に肯定されてしまう傾向が最近は強い。その憎悪を社会が共有しようとしている。でも実のところ、被害者遺族の深い悲痛や哀しみなどを本当に共有できるはずがない。現実には便乗だ。悪い奴は消してしまえという因果応報の情動が、被害者遺族の心情をこれ幸いのエクスキューズにしているだけなのだ。

僕ももし家族を殺されたなら、その犯人を殺したいほど憎むだろう。当たり前だ。当事者なのだから。でもこの憎悪を、社会が全面的に引き受けることなどあってはならない。当事者全員が当事者になる必要などないし、そもそもなれないのだから。

一人称という主語を喪《うしな》った情動は暴走する。今の世界に必要なのは、加害者への憎悪ではなく想像力だ。フセインの死刑を声高に訴えたブッシュは今週、ジョギングのやりすぎで痛めた膝《ひざ》の精密検査だそうだ。

（朝日新聞二〇〇三年十二月二十四日付）

オーバーステイと不法滞在

肩書きは映画監督だが、最近は書くことのほうが多い。その屈折した立場に自ら身を置いていることが理由なのか、言葉の些細《ささい》な言い回しが、どうしても気になって仕方がない。

例えば石原都知事が何かと目の敵にする「不法滞在者」。彼らは以前なら「オーバーステイ」と呼称されていた。かつての代名詞が、どうしていつのまにか死語になったのだろう。「不法」という言葉を付加することで、強調されるイメージは何だろう？

政治家もメディアも最近盛んに口にするのは「日米同盟」。たぶん今日の朝日の紙面にも、きっとどこかにこの言葉が掲載されている。でも変だな。有事を想定した日米関係の正式名称は、以前なら日米安保条約で同盟とは言わなかった。確かに「同盟関係」との言い方はあったが、いつのまにか「関係」の二文字が消えている。「条約」を「同盟」に換えることで、変わるニュアンスは何だろう？

極めつきはテロ。地上から軍事ヘリコプターを撃墜することはテロと呼称され、デイジー・カッターやバンカーバスターという大量破壊兵器で民間人を巻き添えに軍事施設を攻撃することが軍事行為なのだとしたら、僕にはその線引きがさっぱりわからない。テロという単語が喚起するものは絶対悪。もしも今真珠湾攻撃があったなら、パール・ハーバー・アタックではなくパール・ハーバー・テロリズムと呼ばれるのだろうか。

全部些細なことだ。でも何かが共通しているような気がする。その何かを想像すると寒気がする。僕の考えすぎだろうか。そうであって欲しいのだけど。

（朝日新聞二〇〇三年十二月十九日付）

自衛隊派遣II

二〇〇三年十二月九日　イラク人道復興支援特措法に基づいて自衛隊をイラクに派遣する基本計画が決定された。活動期間は二〇〇三年十二月十五日から二〇〇四年十二月十四日まで一年間で、イラク南東部に派遣する陸上自衛隊の規模は六百人以内とする。

二〇〇三年。中東ではヤクザの出入りのような戦争が始まり、日本国内では憲法改正論者たちが憲法前文を引用しながら自衛隊の海外派遣を正当化し、拉致《らち》問題は硬直状況のまま進展がないこの年に、僕は仔猫《こねこ》を拾った。やれやれ。猫を拾うなんていつ以来だろう。段ボールの箱の中で啼《な》いていることは気づいていた。見て見ぬふりをするつもりだったけれど、声があまりに悲痛なのでつい蓋《ふた》を開けた。中にいたのは握りこぶしほどの汚い猫だ。両目が塞《ふさ》がっていて、痙攣《けいれん》のように全身が震えている。

貰《もら》い手を探すつもりで獣医に連れていったが、器量が良くないためか結局見つからなかった。ならば家で飼うしかない。

その覚悟を決めた頃、フセインの二人の息子が米軍の空挺《くうてい》師団二百人に殺戮《さつりく》された。ブッシュが戦争終結を一方的に宣言してから二ヵ月後だ。つまり戦闘行為ではない。正当防衛でもない。殺戮なのだ。開戦直後に、米兵捕虜の映像を公開したイラクをジュネーブ協定違反と激しく批判したアメリカは、二人の息子の無残な遺体写真を大々的に公開した。細部は全体を規定する。些細なことだけど、こんなことからもこの戦争の歪《ゆが》みは浮き彫りになる。誰もが感じる矛盾のはずだ。

日本中が一丸となったかのように万景峰《マンギョンボン》号の入港阻止を叫んだ夏を迎える頃、イラク特措法と個人情報保護法が成立し、住基ネットの二次サービスも稼働し始めた。反対の声は多少はあったけれど、でも今さら遅い。一九九九年の小渕内閣で、日米ガイドラインに国旗国歌法、通信傍受法に住民基本台帳法などの法案がすんなりと成立して翌年には憲法調査会が設置されたときに、この事態は誰もが予想できたはずだった。

なぜだろう。どうして僕らはあの時点で、ちょっと待てよと思わなかったのか。取り返しのつかない事態に向かっていることはわかっているのに、なぜか足が動かない。人にはそんな瞬間があるのだろうか。

「魅せられたように滑って来た自分が恐ろしかった。——破滅というものの一つの姿を見たような気がした。(中略) 傾斜へ出かかるまでの自分、不意に自分を引摺《ひきず》り込んだ危険、そして今の自分。それはなにか均衡のとれない不自然な連鎖であった」

梶井基次郎『路上』

北朝鮮の脅威を理由に年末にはアメリカが主導するミサイル防衛構想への参加が決まり、武器輸出三原則が見直されることもいつのまにか既定路線。「敵を殲滅《せんめつ》すればよい。日本軍は強いんだから」と石原都知事が公式に発言し、国賊征伐を謳《うた》う時代錯誤なテロ集団に、西村真悟衆議院議員が関与していたことが発覚した。

自衛隊派遣を国民に説得する小泉首相は、「日米同盟」と九回発音した。日米の安全保障を規定するのは「日米安全保障条約」だ。正式には同盟ではない。「同盟関係」という呼称はあった。最初に口にしたのは鈴木善幸首相だ。その解釈に軍事的要素が含まれているかどうかをめぐって国会は紛糾し、伊東正義外相は政治的混乱の責任をとって辞任した。でもいつのまにか、ニュアンスを和らげる「関係」の二文字が消えた「日米同盟」という強い言葉が、当たり前のように使われている。これに疑問を呈する議員など現れない。不思議だな。どうして誰も首を傾げないのだろう。ずっと不自然な連鎖が続いている。でも誰も疑問に思わない。「不自然な連鎖」を続けながら、まるで「魅せられたように」滑るばかりだ。

猫はあっというまに大きくなった。名前はチャンキ。自作の小説の主人公の名前からとった。二〇〇四年を迎えて数日が過ぎた新年会の帰り道、家のすぐ傍で、車のライトに驚いたのか道路上で硬直するチャンキの姿が視界を横切った。思わず駆け寄ろうとしたその瞬間、チャンキは間一髪で走りすぎる車の脇をすり抜けていた。自然でしなやかな反応だった。車を見送ってから僕に気づいたチャンキは、ニャァと小さくつぶやいた。気負いや力みはまったくない。危ないから回避する。彼にとっては当たり前のことなのだ。

強くなる必要はないし、連帯や継続が不可欠なわけでもない。家に帰るためにチャンキを抱き上げながら、つくづく思う。強いに越したことはないし、継続しないよりはしたほうがよいけれど、でも弱くて持続しなくても、悲観する必要はきっとない。

普通でよいのだ。

「だって王様は裸だよ」とつぶやいた子供に、人一倍の使命感や勇気があったわけではない。普通に感じ、普通に首を捻《ひね》り、普通に疑問を口にすれば、最悪の事態はきっと回避できる。まだ間に合う。ぎりぎりだけど、きっとまだ間に合う。

（朝日新聞二〇〇四年一月十七日付）

人質解放——バグダッドからの電話

二〇〇四年四月八日　サラヤ＝ムジャヒディンを名乗る武装集団が、自衛隊撤退を要求し、三名の日本人（高遠菜穂子さん・今井紀明さん・郡山総一郎さん）を誘拐したことをカタールの衛星テレビ「アルジャジーラ」が報道した。

携帯が鳴った。液晶ディスプレイに表示された番号は八七〇から始まっている。

……八七〇？

どこの地域だろうと首を傾げながら耳に当てれば、バグダッドに取材で入っているはずのアジアプレスの綿井健陽だ。「帰国したの？」と驚いて訊《たず》ねれば、「バグダッドからです」との答えが返ってきた。

「日本での最近の報道はどんな感じですか？」

「人質問題で大騒ぎだよ」

「ファルージャについては？」

「ファルージャ？　ああ、大規模な戦闘があったようだけど」

「戦闘どころか、……今のファルージャは地獄です」

そう言ってから綿井は、受話器の向こうでためらうように口ごもる。声の調子が、普段の彼と微妙に違う。投げやりというか、荒れているといった雰囲気があった。込み上げる怒りや哀しみを、必死に押し殺しているような気配もあった。

この電話があったのは、三人の人質が解放された四月十五日の三日前。この時点で、ファルージャでのイラク市民の死者数は六百人。そのうちの三百二十人は女性や子供たちだとの情報もある。

この手の統計や発表は鵜呑《うの》みにしないほうがよい。でも仮に半分と見積もっても只事《ただごと》じゃない。ベトナムで大きな問題になったソンミ村虐殺に匹敵する。

三人が解放された十五日夜、川口順子外相は緊急記者会見で、「自らの安全は自ら責任を持ってほしい」と強い口調で批判した。「自衛隊が行くのも危険だから行くなと言っている親が、自分の子供を止めることができないで戦地に行かせてしまう。これはやっぱりおかしい」と、当人だけではなく家族も批判したのは、平沼赳夫前経済産業相だ。一部メディアでも、三人や家族を批判する論調がかなり目についた。……批判と今書いたけれど、記事をよくよく読み返したら、これはやっぱり罵倒《ばとう》だな。他国で生命の危険に晒《さら》されて、自国民からは罵倒される。この倒錯は凄《すさ》まじい。

確かに自己責任は当たり前。彼らはもちろん、その覚悟でイラク入りしている。もしも彼らがいなければ、ファルージャの虐殺など、米軍に巧妙に封印されている。そろそろ読者や視聴者も気づき始めていると思うけれど、バグダッドやファルージャ周辺に滞在しているのは、フリーのジャーナリストばかり。大手メディアの記者たちは皆安全な場所にいて、フリージャーナリストからの情報や映像を待っている。それがいざことが起きたときに、自己責任と声を揃えるこの無自覚さには、つくづく呆《あき》れ果てた。人はここまで思考をとめることができるのだろうか。

ジョージ・オーウェルが『1984年』で描いた未来世界は、「ニュースピーク」という貧弱な語彙《ごい》しかない言語を使うことで思想統制が促進され、究極の管理社会が確立されていた。僕らはまさしく今、この「ニュースピーク」の世界にいる。但し統括するビッグブラザーは、国家や一部の権力者の意思ではない。一人ひとりが本来の思考や情動をとめることで形成される巨大な民意が、その正体だ。

（スカイパーフェクTV！ガイド二〇〇四年六月号）

イラク人「虐待」と「拷問」

二〇〇四年四月二十八日　イラクのアブグレイブ刑務所でイラク人捕虜を米国兵が虐待していたことが、CBSの報道で明らかになり、米兵が裸のイラク人を犬のように首ひもで引いたりする数々の虐待写真が報道された。告発された米兵は虐待行為について「上官らに命じられただけだ」などと反論し、ブッシュ米大統領やラムズフェルド国防長官らは「虐待は少数の者の仕業」と主張した。

数々のおぞましい写真が想起させる残虐な行為が、どうして「拷問」ではなく、「虐待」という用語に統一されてしまうのか、僕にはそれがわからない。

咥《くわ》え煙草で捕虜を陵辱する写真が全世界に配信され、現在の配属先だった本国ノースカロライナ州フォートブラッグの基地で逮捕された米陸軍第三七二憲兵中隊のリンディー・

イングランド上等兵は、「アブグレイブ刑務所内を地獄にすることが自分たちの任務だった」と洩《も》らしていると言う。

虐待や拷問の多くは、昨年十月から十二月にかけて、同刑務所内の「一A」及び「一B」と呼ばれるエリアで発生した。複数の容疑者は、同エリアが軍情報部の管轄だったことを供述している。捕虜から聞きだした情報を、イラク国内の治安維持活動などに活用することが、情報部の狙いだったようだ。内部告発によって拷問が発覚した今年一月に作成された報告書は、CIAなどの情報機関が拷問に関与していた可能性を示唆している。

つまりブッシュやラムズフェルドが、いくら必死に限られた事例だと強調しても、組織がらみの犯罪行為であることは既に明白なのだ。案の定、アフガンで捕虜となりキューバのグアンタナモ基地まで護送されたアルカイダのメンバーたちに、精神的、肉体的なストレスを与える尋問を米国防総省が認めていたことを、五月九日付のワシントン・ポストが報じている。

つくづく思う。これが戦争の本質なのだ。ジュネーブ協定を律儀に守れる余裕と理性があるのなら、そもそも無差別な爆撃など始めるわけがない。戦力的には圧倒的優位にあるのに、遥《はる》か先の世代にまで凄惨《せいさん》な禍根を残す劣化ウラン弾を使用する理由もない。だからアブグレイブの報道で世界が衝撃を受けたことが、むしろ僕には不思議だった。他者への想像力を失うことが前提なのだから、虐待や拷問など普通にある。衝撃を受けた人たちは、戦争をゲームと勘違いしていたのだろうか。そのレベルで、アメリカの侵攻を支持したのだろうか。

拷問への指示や容認の雰囲気があったとしても、レンズに向かってポーズをとる兵士たちの感覚が麻痺《まひ》していたことは事実だろう。虐殺はこうして普通に始まる。朝食後に歯を磨くように。天気のよい日は布団《ふとん》を干すように。最悪の事態を迎えてすべてが終わってから、人は互いに顔を見交わしながら悔やむばかりだ。

その意味ではおぞましいニュースだが、九・一一直後から昨年のイラク侵攻まで、まるで思考を停止したかのように翼賛報道を繰り返してきた米国メディアが、ここにきて少しずつ復元力を示し始めつつあることだけは微《かす》かな燭光《しょっこう》だ。

そもそも今回の報道は、ニューヨーカー誌のセイモア・ハーシュ記者のスクープがきっかけだ。どこかで聞いた名前だと思ったら、ベトナム戦争の末期に、南ベトナムのソンミ村で米軍が約五百名の村民を虐殺したことをスクープして、ピュリッツァ賞を受賞したニューヨーク・タイムズ（当時）の記者だった。

やるときはやる。圧力など関係ない。国益など二の次だ。なぜならメディアの使命は報《しら》せることだ。この原則だけは譲らない。そんな声が聞こえてきそうだ。

というわけで、本文の冒頭に戻る。今のところ新聞やテレビはもとよりほとんどの日本のメディアは、「拷問」ではなく「虐待」という言葉を横並びで使っている。

無目的に軽度の身体的ストレスを与える行為だけなら、確かに「虐待」のほうがふさわしい。しかし情報収集を目的に身体的ダメージを与える行為は、正しい日本語としては「拷問」だ。何よりも、裸にして縛り上げ、軍用犬をけしかけるなどの行為は、どう考えても虐待のレベルじゃない。死者だって出ているのだ。アメリカの主要メディアの多くは、〝torture〟（拷問）と表記しているのに、なぜ日本のメディアは「虐待」（それもこれほど規律正しく）という用語に拘《こだわ》るのだろう？　誰かわかる人がいたら教えて欲しい。

三人の邦人が武装勢力に拘束されたとの一報があったとき、小泉首相や川口外相に他の閣僚たちは皆、口を揃えて「卑劣な」という形容詞を使い、新聞各紙の社説などにも、この形容詞が氾濫《はんらん》した。もちろんこの後に続く言葉は「テロ行為」や「テロ集団」で、文末の述語は判で押したように「屈さない」や「許さない」。

確かに勇ましくて景気はいいけれど、「卑劣な」という煽情《せんじよう》的な言葉を使った瞬間に、洞察や葛藤《かつとう》が消え失《う》せてしまう。そういえば、拘束されたジャーナリストに対して、「反日分子」と口走った政治家もいたね。つくづく思うが政治家はバカだ。全部とは言わないが半数近くはバカだ。でもこんな稚拙な論調に、政治家よりは賢いと思いたいメディアが、あっさりと迎合や追従をすることが哀しい。その意味では、「テロ」という言葉の濫用も同様だ。

メディアにとっては生命線に等しい「言葉」が今、主体を失い、日を追うほどに刹那《せつな》的に、しかも均質になっている。翼賛報道はこうして、いつのまにか普通に始まる。朝食後に歯を磨くように。天気のよい日は布団を干すように。人は後から悔やむばかりだ。

（週刊現代二〇〇四年五月二十九日号）

主語のない述語は暴走する。

イラクの一般市民を砲撃に晒《さら》すべきではないと主張しながら、北朝鮮への人道支援を止めろと拳《こぶし》を振りあげる人がいる。

支援物資が軍に横流しされることを理由にするのなら、そうならない仕組みを考えればよい。だから支援を止めろでは子供の論理だ。慢性的な飢餓に苦しむ北朝鮮と砲撃に怯《おび》えるイラクの国民の間に、命の軽重などあるはずがない。

要するに二〇〇一年の九・一一にアメリカで始まったことは、〇二年の九・一七に日本でも始まっていた。他者への想像力が停止してしまっていることは日米大差ない。

遺族や被害者が憎悪や報復感情に捉《とら》われることは当たり前だ、なぜなら彼らは当事者だ。この感情を社会が共有しようとするとき、一人称であるはずの主語がいつのまにか消失する。「俺」や「私」が「我々」となり、地域や会社、そして国家など、自らが帰属する共同体の名称が主語となる。本当の憎悪は激しい苦悶《くもん》を伴う。でも一人称単数の主語を喪《うしな》った憎悪は、実のところ心地よい。だからこそ暴走するし感染力も強い。

こうして全体の一部となりながら、いつのまにか誰もが声高になる。虐殺や戦争はこうして起きる。でも渦中では、主語がないからこそ実感は薄い。誰もが終わってから茫然《ぼうぜん》と天を仰ぐ。振り返ってごらん。世界はそんな歴史を繰り返している。

(朝日新聞二〇〇三年三月二十五日付)

ジャップVS北朝鮮

国連総会の本会議席上で、北朝鮮の国連次席大使が日本を三度にわたって「ジャップ」と呼称したことが大きく報道された。この前日に日本側がスピーチした際に、「北朝鮮」という呼称を使ったことへの対抗措置だという。その意味では明確な確信犯だ。

これに対し日本側の国連次席大使が、「『北朝鮮』の呼称は地理的な概念であり、侮蔑《ぶべつ》的な意味合いはない」と説明し、福田官房長官も翌日の記者会見で、「けしからん」と三回口にしながら、「何でいきなりそんな表現を使うのかわからない。ずっと（「北朝鮮」と）言ってきて文句を言われたことはないのではないか。こういうふうに言われる筋合いのものではない」と強い調子で北朝鮮を批判した。

これだけ読めば、まあ確かに攻撃的などうしようもない国だなあと嘆息したくもなる。でも、「地理的な概念であり」との国連次席大使の説明は、よく考えたら意味不明だ。仮に日本が他国から「極東の島国」などと正式な場で呼称されたとしたら、「国名があるのだからそれを使ってください」と抗議することは当然だろう。

福田官房長官は「文句を言われたことはない」と発言したが、これは明らかな事実誤認。

北朝鮮と呼称されることに対して北朝鮮は（ややこしいな）、これまでに何度も、この呼称は使って欲しくないと抗議を重ねている。

一九六〇年代頃まで、国内報道では「北鮮」という呼称が頻繁に使われていた。しかし在日朝鮮人らがこの呼称に「差別意識の表れだ」と反発。更に札幌冬季オリンピックの前年である一九七一年には、北朝鮮側から五輪組織委員会に正式な国名で呼ぶようにとの申し入れがあり、日本新聞協会はこれを受ける形で、記事の初出の場合には、「北朝鮮」と正式な名称である「朝鮮民主主義人民共和国」とを併記し、二度目からは「北朝鮮」とすることが慣例になった。

この慣例が大きく崩れたのは、二〇〇二年九月の日朝首脳会談以降。特に年末から年始にかけての時期、ほとんどの新聞社やテレビ局は、正式な国家名称との併記をやめて「北朝鮮」という単独の表記やアナウンスで統一し始める。この理由を朝日新聞は、北朝鮮という呼称が普及したことや、記事の簡略化を図るためなどと紙面で説明している。

簡略化という説明は一見もっともだ。でも朝鮮民主主義人民共和国を簡略化するのなら、朝国とか朝鮮になるはずだ。正式な国名に「北」の文字はどこにもない。かつて朝鮮総連は、国名を略すのなら「朝鮮」にして欲しいと表明している。確かに「北朝鮮総連」などとは誰も呼ばない。一貫性があるようでない。妙に不自然だ。朝鮮で良いはずだ。論理的にもそのほうが整合性があるし、何よりも呼ばれる当事者がそれを望んでいる。ところが日本は「北」に固執した。

メディアが一斉に呼称を変えた同じ時期に、「北朝鮮拉致《らち》被害者等支援法」が成立した。議員立法として国会に提出されたときのこの法案の当初の名称は、「朝鮮民主主義人民共和国（北朝鮮）に拉致された被害者等の支援法案」だった。正式な名称が消えて略称だけが残ったわけだ。立法に関わった自民党議員は、「日本と北朝鮮とは外交関係がないのだから、わざわざ正式な国名を用いる必要はないと判断した」と、「わざわざ」名称を変えた理由を説明した。

もう一度書くよ。「外交関係がないのだから、わざわざ正式な国名を用いる必要はない」と、先に発言したのは日本なのだ。

この政府見解への同調を呼称変更の理由のひとつとして挙げたのはＮＨＫだけだったが、民放各局や各新聞社も本音は同様だろう。この背景には、「韓国（大韓民国）や中国（中華人民共和国）などの簡略化は良くて、なぜ北朝鮮だけを特別扱いにするのか」との世論が作用したことも間違いない。

呼称の問題は難しい。内面の意識が滲《にじ》むからだ。テレビの仕事をしていた頃、ナレーション原稿に書いた「魚屋」という言葉を、こいつバカじゃないのかと言いたげな表情のプロデューサーに、「鮮魚店」と書き変えられたことがある。床屋は理髪店だし肉屋は精肉店。そうしなければ抗議が来る。覚えておけ。今のテレビではこれくらい常識だ。プロデューサーは厳かにそう言った。

……ダメだ、こいつら。

確かめたわけじゃないけれど、抗議などおそらくない。この馬鹿げた風潮の原因は、「屋」という接尾語が蔑称のように聞こえるということらしい。「テレビ屋」とか「ブン屋」などの代名詞を身内では使ってきたから、その反動も多少はあるのかもしれない。そんな自分たちの屈折した感覚を、厚かましくも拡大再生産して勝手に自粛しているのが今のメディアの現状だ。ところが北朝鮮に対しては、この自粛がどうやら逆に働いている。「侮蔑的な意味合いはない」と呼ぶ側がいくら思っても、呼ばれる側が止めて欲しいと願うのなら、それを尊重することが普通だろう。もちろん全世界が注目する国連の場で、

「ジャップ」という刺激的な言葉をこれ見よがしに使う北朝鮮側の姿勢はあまりに大人気ない。ノース・コリアの呼称は世界的に定着しているし、日本だけを目の敵にするこの過剰な闘争心の表れには僕も辟易《へきえき》する。

でもずっと喧嘩《けんか》を売り続けてきたのは、こちらの側なのだ。その程度の自覚は持とう。今回の騒動の本質はこの長年の確執にあるはずなのに、新聞各紙はまったく触れていない。これも「記事の簡略化」が為《な》せることなのだろうか。

（週刊現代二〇〇三年十一月二十九日号）

北朝鮮拉《ら》致《ち》報道

二〇〇三年一月　北朝鮮による拉致被害者、地村保志さん（四十七歳）と妻富貴恵さん（四十七歳）が、週刊朝日に「承諾なく記事を掲載された」と抗議した問題で、同誌の鈴木健編集長らは十四日、福井県小浜市で地村さんの父保さん（七十五歳）に再度面会。取材で適切でない点があったことを認めた上で一月三十一日号で謝罪記事を掲載。

「プライベート・ライアン」という実話に基づいた映画がある。第二次世界大戦時、前線にいたアメリカ第一歩兵師団に、敵陣後方で行方不明となったジェームズ・ライアン二等兵を救出せよとの指令が下される。選抜された八名は危険な敵陣深く潜入するが、たったひとりの命を救うために、自分たちが犠牲にならなければいけないその理由が彼らにはわからない。実はこの指令の背景には、ライアン二等兵の三人の兄たちが立て続けに戦死したため、兄弟全員が戦死では世論や軍の士気に関わるとの軍上層部の懸念があった。映画の結末は、この指令に対しての明確な是非は呈示しない。戦争という巨大な不条理の只中《ただなか》で、命の矛盾を観客の一人ひとりが考えればよいとの印象だったと記憶している。つくづく思う。行政や外交も人の営みである以上、「血の通った」対応をできる限りは望みたい。でも、少なくとも僕は、行政や外交に過剰な期待はしない。だってシステムなのだから。個人の情や哀しみや憎しみを、全面的に引き受けていてはシステムは機能しない。

北朝鮮報道や今の日本の対応に、ずっと僕が感じている違和感は、まさしくこの一点に収束される。何もしてくれなかったと糾弾されるかつての国家と、拉致問題への過剰な対応を先手のように打ってくる今の国家は、結局のところコインの表裏でしかないはずだ。その緊張感がメディアには欠けている。

一月二十九日、様々な紆余《うよ》曲折を経て北朝鮮に居住していた元日本人女性が帰国した。一面トップに載せた産経新聞のこの記事の見出しは、「政府、最大限支援へ　脱北日本人妻四十四年ぶり帰国」。何だか日本語として変だ。「脱北」も「日本人妻」もこの場合の「帰国」も、言葉としてどうしても咀嚼《そしやく》できない僕のほうが偏向しているのだろうか？

この一件の発覚で、仲介にあたった支援グループに、外務省が数百万円単位の金銭を支払っていたことも明らかになった。支援立法の施行は言うに及ばず、帰国した拉致被害者たちの就職の世話まで余念がない行政は、まさしく大盤振る舞いだ。こんな報道に接するたびに、かつて鳴り物入りで帰国した中国残留孤児やその二世や三世たちは、どんな思いでいるのだろうと僕は考える。拉致が北朝鮮の国家的犯罪なら、彼らの置き去りもまさしく日本の国家的犯罪だ。しかし彼らの多くは、現在も帰ってきたはずの故国で、困難な生活を強いられている。一時の狂騒を考えれば、行政やメディアから見捨てられていると言っても過言ではないだろう。

念を押すが、国家や行政が個人に温情を示すことを、僕は否定するわけではない。でも帰国した拉致被害者たちが突出して厚遇されていることと、そしてこの例外的な措置の背景に潜むものに、なぜ誰も関心を示さないかが不思議なのだ。

メディアでの呼称が「北朝鮮」に統一された経緯については以前も書いたが、一月二十日の産経新聞コラムで、曾野綾子がこの話題を取り上げている。論旨のよくわからない文章だけど、大意としては呼称統一が遅すぎたことを前振りに、外国人指紋押捺《おうなつ》への賛同を表し、更に住基ネットや指紋押捺に反対する人たちは、外国人犯罪から身の安全を守る気がないのだろうかと言外に皮肉りながら、国民のDNA登録を義務化することにまで話は及んでいる。

なるほど。同じ事象でも視点によってこれほどに結論が変わる。それはよし。事象には多面性がある。その多様な側面をメディアがそれぞれの視点で報道し、読者や視聴者は選択すればよい。メディアリテラシーについてよく質問を受けるけれど、メディアが提供する情報は事実ではなく視点なのだと認識し、なるべく複数の報道に触れるようにすればそれで充分と僕は答えている。

しかし最近では、その多様な視点がマスメディアから衰退しつつある。「右」が我が世の春で「左」は青息吐息とか、そんなレベルじゃない。

拉致被害者のインタビューを掲載したことで、週刊朝日が異例の謝罪文を掲載（一月三十一日号）した。誌面から判断する限り、記者の取材方法に問題があったことは明らかで、その意味で謝罪は当然だ。しかし逆に言えば、「話を聞くだけ」と言いながらこっそりとテープを回す手法など、メディアは日常茶飯にこなしていたはずだ。その意味ではこの謝罪は異例なのだ。担当記者にしてみれば、「普段からやっていることなのになぜ今回だけ」という思いだろう。

今回の北朝鮮拉致報道についての最大の特質は、メディアスクラムが問題視される世相を背景に、会見や取材エリアの規制など細かなルールが定められたことだ。これほどに大規模な規制は、おそらくは国内初めての試みだろう。殊勝な姿勢と言いたいところだが、もちろんメディア側の自発的な提案ではなく、「救う会」側の、新聞協会や民放連への強硬な申し入れが背景にあったからだ。単独の抜け駆けを許さないという雰囲気も醸成され、拉致被害者の家族のインタビューを報道したフジテレビや週刊金曜日への異常なバッシングにも、この閉塞《へいそく》した低次元のジェラシーが滲《にじ》んでいる。

悪質な取材や交渉を認めたり応援する気などもちろんない。でも取材対象サイドからの恫喝《どうかつ》に近い圧力で、各社横並びが当然となってマスメディアがすべて管制報道へと変わってゆくのなら、人権を守れとかうるさいバカヤロウとか口汚く罵《ののし》り合いながら押し合いへし合いしていた以前のほうがまだましだ。だってこれは、矜持《きょうじ》やマナーの問題。規制されなければマナーを守れないのなら幼稚園児にも劣る。

一部被害者側の取材の窓口となった小浜市役所（これも奇妙な話だけど今回は触れない）は、「取材陣の皆さんはとても紳士的で驚きました。まだまだ捨てたもんじゃないと思っております」（GALAC二月号）と語った。まだまだ捨てたもんじゃないだってさ。良かったね。行政に褒めてもらって。

（文化通信二〇〇三年二月十七日号）

北朝鮮選手団の来日

二〇〇三年冬季アジア大会に参加する北朝鮮の選手団が来日した。その日の夕方のニュースで報じられた選手たちの様子は、一様に無表情で襟には例の金日成バッジ、レポーターの質問には一言も答えない。よほど現体制を恐れているのか、それともまさしく洗脳されて感情を失っているのかのどちらかとしか思えない映像で、洗脳やマインドコントロールという言葉が安易に使われすぎていると主張し続けてきた僕としては、複雑な心境になったニュースだった。

同夜、同じチャンネルで九時五十五分からのニュース番組も観た。

……とここまで書いたけど、匿名にする理由なんてやっぱりどう考えてもない。ちゃんと固有名詞を書くことにしよう。

同夜、同じチャンネルで「ニュースステーション」を見た。トップニュースは、夕方のニュースと同様に北朝鮮選手団の来日だったが、その映像に僕はテレビの前で、またもや唖然《あぜん》とした。

女子選手たちの多くは、向けられるカメラに照れながらも笑い転げ、質問にも若い娘らしい答えがちゃんと返ってくる。カメラを無視する選手も多少はいるが、メディア嫌いは日本にだってたくさんいる。

同局のニュースなら、撮影素材は番組が違っても共有することが普通だ。要するにテレ朝の夕方のニュースは、北朝鮮選手団の不気味さを強調する映像を、恣意《しい》的に選んだということになる。視聴者や読者というマーケットに迎合して、メディアが情報という商品を加工することを全否定する気はないが、でもこれは最早、添加物や合成着色料のレベルじゃない。ほとんどラベルの貼り替えだ。

そろそろ気づいたほうがいい。食品会社なら大問題になることを、メディアは日々こなしている。

（朝日新聞二〇〇三年二月四日付）

「不気味じゃないと思っているのか？」

今頃になって何だけれど、僕はメディア批評家ではない。自身も（組織に帰属はしていないが）メディアに棲息《せいそく》するひとりだ。自主映画として制作した「A」や「A2」、テレビ・ドキュメンタリー「放送禁止歌」などのイメージが強いせいか、メディア批判の急先鋒《きゅうせんぽう》と見なされることが多いけれど、実のところ本人にはその使命感や義憤などは薄い。ただ、自分がいる場所だから居心地はよくしたい。喩《たと》えれば散らかった部屋の整理整頓《せいとん》に感覚は近い。でもそうは言いながらも、不特定多数が目にする媒体で書いたり発言したりしているのだから、その影響力や加害性については自覚しているつもりだ。

先日他紙に書いた北朝鮮テレビ報道への批判について、当局のプロデューサーから抗議の電話があった。でも画面の印象について記したのだから、訂正や謝罪をする気は僕にはさらさらない。押し問答が続いてから、最後に彼はこう言った。

「北朝鮮が不気味じゃないと本気で思っているのか？」

思ってますよと答えたところで電話は終わったけれど、やっぱりこれは彼の本音なのだろうな。いや彼だけではない。日本中の本音なのだろう。でも少なくとも不気味という単語は、メディアが使うべき言葉じゃない。不気味の根源を探ることが仕事のはずだ。民意に寄り添って騒ぐだけなら、メディアではなくスピーカーだ。

ただし彼が偏向した映像の編集を指示したとは僕は思っていない。担当のディレクターや編集マンが、無自覚にそんな映像を選択したのだろう。……でもね、確信犯じゃないからこそ怖いんだよ。

構造的な捩《ねじ》れがメディアに現れ始めている。北朝鮮報道について今いちばん熱心なテレビ局は朝日新聞系列のテレビ朝日。朝鮮中央テレビの番組を紹介してはその独善性や極端な偏向を指摘しながら、こんな番組を本気で観ているなんてという情緒が滲む内容が目につく。ＶＴＲのナレーションや編集も、まるでオウム報道時の日本テレビのように煽情《せんじょう》的になりつつある。これに対して、平壌《ピョンヤン》での反米百万人集会を紹介しながら、国民が必ずしも嬉《き》々《き》として参加しているわけではないことを番組中で実証していたフジテレビ「特ダネ！」には好感が持てた。要するに朝日新聞系列のＴＶメディアは北朝鮮憎しに終始して、フジサンケイグループのTVメディアはこんな傾向に自制を促していることになる。メディア各社がそれぞれのグループ理念やイデオロギーの束縛から解き放たれることは悪いことじゃない。局やグループが常に一枚岩との発想よりも、それぞれの番組のプロデューサーやスタッフたちの主観が反映されていると考えるべきなのだろう。でもこの捩れ現象が、新たなバイアスの結果なら話は別だ。

二月十四日の朝刊一面で産経新聞が、「日本世論の懐柔を狙った北朝鮮側が、横田さん訪朝の工作を五人の拉致《らち》被害者に指示していたことが十三日わかった」と報じている。記事本文には、「北朝鮮内部に精通した情報筋が救う会幹部に伝えてきた」と記されている。

朝日は当日の夕刊で、多少ニュアンスを変えながら「指示を受けていたと家族に明かしていたことが十四日、わかった」とやはり断定した。これもまた、「関係者によると」と常套句《じょうとうく》でニュースソースを明確にしていない。

たぶんその程度のことは北朝鮮ならばやるだろうと僕も思う。でも、北朝鮮側や情報筋（どちらも怪しい日本語だ）が伝えた情報の更に伝聞を、「わかった」と歯切れよく断言することは普通はしない。一般常識としても当然だ。条件反射で使う「不気味な」という形容詞が、メディアの述語も少しずつ変えている。

（文化通信二〇〇三年三月三日号）

北朝鮮と田中眞紀子発言

田中眞紀子前外相が先月末に発言して問題になった「子供たちの国籍は北朝鮮。帰国は簡単じゃない」について考えた。拉致された日本人同士の子供たちの国籍は基本的には日本。これは確かだ。でも横田めぐみさんの子供はどうなるのか？　曾我さんの家族だってややこしい。

そもそもは拉致という異常な事態がきっかけなのだから、日本と北朝鮮の国籍法や慣例などを持ち出すことに無理がある。幼い子供は別にして、当人が国籍を選択することがいちばん自然なのだろう。

ならば帰国という用語で正しいのだろうか？　自由な行き来。やはりこれが理想なのだ。つまり国交の正常化だ。情報さえ流通すれば、北朝鮮の体制変革だって期待できる。現東京都知事がかつて口走ったように武力に走るのなら、イラク国民のためなのだとバグダッドに侵攻したアメリカと構図は何ら変わらない。

世相に逆行する発言がでるたびに、人間性を疑うとか不謹慎だとかで大騒ぎになる今のこの風潮についても一言。確かに最低限のモラルや儀礼は大切だ。でも拉致問題は既に、日本の今後を左右する重大な課題となっている。もっとあらゆる角度から、様々な意見や見解が自由闊達《かったつ》に論議されるべきだ。

かつて鳴り物入りで帰国した中国の残留孤児やその二世たちは、どんな思いでこの拉致騒動を眺めているのだろう。彼らのほとんどは世の中から忘れ去られている。日本語は不自由だし就職口だってなかなか見つからない。ところが行政からの支援は乏しいしメディアもとりあげない。明らかに不均衡だ。片側の論理だけで思考するから、こんな矛盾にも気づかなくなる。不謹慎などの語彙《ごい》で言論を封殺する今のこの傾向は、そろそろ終わりにしたほうがいい。

メディアがすっかり萎縮《いしゅく》して自由にものが言えないこの雰囲気は、二十世紀初頭のこの国を思い起こさせる。その後の日本がどうなったかは、僕が指摘するまでもない。

（朝日新聞二〇〇三年十一月十八日付）

僕は、非国民と罵《ののし》られるのだろうか。

二〇〇四年二月九日　日本独自の判断で北朝鮮に対する経済制裁を発動することを念頭に置いた、外国為替及び外国貿易法の改正（改正外為法）が成立。ある国に対して経済制裁を行う場合は、これまでは国連安保理の決議やアメリカとの合意など、国際的な枠組みのなかでしか行うことができなかったが、それが日本単独で可能となった。

改正外為法が成立した。発動されれば日朝間の経済活動は事実上停止する。これで拉致問題解決は本当に進展するのだろうか。僕にはどうしてもそうは思えない。慎重に運用するとの見方もあるが、今のこの世相で、抜いた刀を振り回さないことができるのだろうか。

北朝鮮が示した「平壌空港出迎え」提案を日本側（正確には「救う会」と「家族会」）は一蹴《いっしゅう》した。百二十パーセントの保障があれば行ってもよいとのコメントは、喧嘩《けんか》を売っているとしか思えない。

　メディアと政治は、萎縮するか居丈高になるかの二極化の状況を呈している。冷静な判断など望めない。でも考えてほしい。そもそもイラク派兵を決めた理由は、北朝鮮との有事を想定して緊密な日米関係を築いておく必要があるとの論理だった。国際貢献など後づけだ。思いだそうよ。自分がかつていた場所を。自分がかつて言ったことを。反省するかしないかはその人の自由。でもせめて思いだそうよ。

　過剰になった免疫システムは、いつの日か必ず自己を破壊する。でもその帰結に一つひとつの細胞は気づかない。増殖と破壊が始まっても気づかない。気づくことができない。すべてが終わってから、焼け野原で顔を見合わせて首を傾げるだけだ。

　金正日が拉致を認めたとき、拉致議連の人数は総勢で十一人だった。それが今では、二百人近い大所帯。これ以上は書かない。でも思いだそうよ。かつて自分がいた場所を。かつて自分が思っていたことを。時流に乗れば確かに楽だ。多数派に身を置けば不安は軽減する。でもその結果、取り返しのつかない過ちを、この国は何度も繰り返してきた。

　改正外為法を発動すれば、北朝鮮の飢えは進む。大勢の子供たちが苦しみながら死ぬだろう。その程度の犠牲など自業自得だと言い放つことが、この国では当然のことなのだろうか。それを不合理だと感じる僕は、非国民と罵られるのだろうか。ならば覚悟する。この日本にはもう僕の居場所がないと思うだけだ。

（朝日新聞二〇〇四年二月十日付）

北朝鮮工作船の一般展示

北朝鮮工作船の一般展示が始まった。銃撃戦の際の新たな映像公開と併せ、情報を抱え込む傾向が強い日本のお役所としては、英断であることは間違いない。

そういえば、海上保安官だった僕の父親は、「海保にはなかなか陽が当たらない」とよく嘆いていた。銃撃戦を機会に海上保安庁が、国民へのアピールに懸命になることは組織原理として当然だ。

国家機密扱いにされてもおかしくない工作船を、武器や装備ごと公開するということの大盤振る舞いは、これまでならまず考えられないケースのはずだ。何らかの意図や追い風はあったはずだと思うが、マスメディアは公開の背景をなかなか伝えてくれない。それとも異例という感覚すらないのだろうか？　ならば自分で想像するしかない。でもレポーターが興奮気味に案内する船内の映像を眺めながら、テレビの前で僕の想像は、いつのまにか違う方向に進んでしまう。

この狭い船室で汗と油に塗《まみ》れながら、乗務員たちはどんな思いで自爆のスイッチを押したのだろう？　最後に誰の名を呼んだのだろう？　その瞬間を想像して、切なさで僕は泣きたくなる。そんな状況を作ってはいけないとつくづく思う。

展示は初日から大盛況のようだ。晒《さら》し首という言葉を僕は思いだした。船内に隠されていた兵器や弾薬などについて声高に伝えるニュースは複数あったけれど、自爆した乗務員たちのことを思いださせる視点やコメントは、僕の見た限りではひとつもなかった。「恐ろしい奴らだねえ」と、見学者がマイクに向かって嘆息している。「これはもう戦争ですね」とスタジオで誰かが言う。

この事件をきっかけに、海上保安庁の認知度は確かに上がった。採用応募者も大幅に増えたという。終戦時は中国大陸にいて、戦争など絶対に繰り返してはいけないとよく口にしていた父親は、今どんな思いで、このテレビを観ているのだろう。

（朝日新聞二〇〇三年六月三日付）

いつになったら、
日本は大人に
なるんだろう。

タマちゃんを食べる会

二〇〇二年八月七日　多摩川の下流で、北極圏などに棲《せい》息《そく》するアゴヒゲアザラシが発見され、テレビ・新聞などでも報道され、一躍人気者になる。関連グッズや、「タマちゃんを見守る会」などが発足し、横浜市西区の帷子《かたびら》川に移ってから、「ニシタマオ」と命名され、「住民票」を交付されるなど、一年近くブームは続いた。

タマちゃんを食べようと思う。知り合いの知り合いに、北海道でトドを撃っている猟師がいる。彼に来てもらって村田銃で眉間《みけん》を一発。その後は川岸でバーベキューだ。イヌイットたちはアザラシを生で食べるけれど、長く生活排水に浸《つ》かっていたタマちゃんの場合は、やはり火を通したほうが無難だろう。

誰かがやるだろうと思っていたけれど、誰もやらないようなので僕がやる。「生きながら淡水に入れられて苦しむホタテを想う会」を作ろうと思っていたけれど、もはやそんなレベルじゃないようだ。

念を押すけれど、沿岸に打ち上げられた鯨の救出劇をテレビで眺めながらハンバーガーをぱくつく僕らの矛盾や身勝手さを、全否定する気は僕にはない。化粧品や医薬品、洗剤や衣料品など化学物質が含有されるあらゆる商品には、開発するその過程で動物実験が義務づけられている。要するに僕たちの日常は、夥《おびただ》しい数の他の生命を犠牲にしないことには成り立たない。

ただしこの矛盾に、僕はつねに自覚的でありたい。アザラシの命の尊さを声高に叫びながらホタテの命をゴミのように扱ったり、在日外国人に選挙権を与えずにアザラシに住民票を交付することの矛盾に対して、不感症にはなりたくない。

世界には今も、飢餓や殺戮《さつりく》が蔓延《まんえん》している。過剰な善意や一方向だけへのヒューマニズムが、他者の生命や営みへの想像力を停止させ、思考の麻痺《まひ》へと発展するのなら、今のアメリカと何も変わらない。動物は人一倍好きなほうだ。だからこそ歯を喰《く》いしばってでも食べる。身勝手さを自覚するために。訳のわからない事態をこれ以上起こさないために。

だからタマちゃん。お願いだから早く逃げてくれ。頭のおかしな自称映画監督が、バーベキューセットを川岸に持って来るその前に。

（朝日新聞二〇〇三年五月八日付）

で、何だったんだろう、あの牛丼騒ぎって。

二〇〇四年二月十一日　米国でのBSE（牛海綿状脳症）発症による牛肉輸入停止の煽《あお》りで、牛丼チェーン最大手の吉野家ディー・アンド・シーが二月十一日より順次牛丼販売を中止。大騒動となり、多数の人が最後の牛丼を求め、吉野家に押し寄せた。

この一週間で、牛丼最後の日というテレビニュースの特集を何度観ただろう。生中継で最後の牛丼をカウントダウンしている番組もあった。バラエティじゃない。ニュース番組だ。もちろん大きな節目であることは事実だし、視聴者の関心が高いこともわかる。でも何か変だ。

なぜなら皆が行列を作ってまで食べる最後の牛丼は、備蓄されていた米国産牛肉が材料だ。これが安全であるとの根拠など、どこにもない。一頭の牛にBSEの症状が現れたという事態は、将来的に他の牛にも現れるリスクだけではなく、過去にもいたという可能性も示唆している。そんなことは子供にだってわかる。発見と同時に全米に蔓延したわけではない。ところがその視点(本当は視点なんて仰々しい言葉を使いたくない。だって当り前のことだ。でも他に適当な言葉が見つからない)が、メディアも含め、日本中からすっぽりと抜け落ちている。

三十数年前、発ガン性が認められたとの理由で、人工甘味料チクロは国内での使用を全面的に禁止された。世の中は大騒ぎだったが、粉ジュースや駄菓子屋の菓子が大好物だった僕は、今さら言われてもなあと子供心に思ったことを覚えている。最近では、発ガンのリスクは実は低いとする説もあるらしいが、まあ真相がわからないうちは、回避しておいたほうが確かに無難だとは思う。少なくとも意地になることじゃない。

本来は草食である牛に、飼料として肉骨粉を食べさせたことがBSEの大きな要因だ。効率ばかりを追い求めてきた人類は、その副作用の時代を迎えつつあるのだろう。BSEはその予兆に過ぎないのかもしれない。

規制を守れと警告するつもりもないし、無意味と主張する気もない。規制や指示にはお行儀よく従いながら、汚染されている可能性がある最後の牛丼になぜ狂奔できるの？　と聞きたいだけだ。

カウントダウンで盛りあがる最後の牛丼が安全だと思っているのなら、規制する必要なんてそもそもない。これからもどんどん輸入すればよい。ことが起こるとヒステリックに暴走し、いつのまにか本質を忘れてしまう日本人の属性は、今回の最後の牛丼騒動によく表れている。

（朝日新聞二〇〇四年二月十八日付）

僕も、明日引きこもるかもしれない。

三年ほど前、複数の引きこもりの青年たちを被写体にしたテレビ・ドキュメンタリーを撮ったことがある。京都市伏見区の日野小学校で児童が二十一歳の無職男性に殺傷された事件が起き、その余韻が冷めやらぬうちに新潟の女性監禁事件が明るみに出て、その加害者が共通して「引きこもり」の状態にあったと報道され、世相が騒然としていた頃だった。塩倉裕が書いた『引きこもり』から引用すれば、「異常な事件に新奇な引きこもり現象を結び付けたいかにも人目を引きそうな企画が、テレビや雑誌、新聞で繰り返し人々に提供された。多くの人々は、そうした犯罪報道によって初めて引きこもりという深刻な現象を知ることになった」とされる時期だった。

ドキュメンタリーを生業にしていることもあって、皆が声高に危険性を唱える存在ほど、意外に人畜無害である場合が多いことを僕は知っているつもりだ。でもこのときは、カメラを回しながら引きこもりの青年たちの部屋の扉を開けるとき、実のところはかなり緊張していた。

理由に何となく見当はつく。展開を予測できないことが怖かったのだと思う。

社会に背を向け、自室という狭い空間に身を置いて、ビデオや漫画、テレビ番組やゲームという加工された情報を享受することだけに満足して、隠花植物のような妄想を身体の裡《うち》にふつふつと滾《たぎ》らせている、そんな男を僕は想定していた。たぶん日本中のほとんどの人たちが、引きこもり青年に対してはそんなイメージを持っているはずだ。その思い込みの構造を、現役の朝日新聞記者である塩倉は、以下のように分析する。

「マスコミは当人に関する情報を多く流したが、主要部分は警察のフィルターを通した情報であり、犯罪にまつわる情報に偏っていた。そして容疑者像を伝えるもう一つの重要情報は、近所の住人やかつての級友、学校教師など周囲の人々の記憶証言だった。つまり視聴者や読者は、あらかじめ権力や世間というフィルターを通った情報によってしか容疑者（青年）像を作れなかったのである」

まさしく「そうした犯罪報道」によって、意識の奥底に引きこもりの青年たちへの妄想が正体不明の怪物となって肥大していたことを、僕はこの機会に告白せねばならない。ただし多少の言い訳もある。「引きこもり」とされる青年が起こした事件に限らず、現在のマスメディアによる犯罪報道は、塩倉が指摘する「権力や世間というフィルター」を通してしか僕らには伝達し得ない。これは言い換えれば、僕らが意識下で望む「残忍で凶悪な」加害者像を、僕ら自身がメディアという虚像装置のスクリーンに投影していることと同義なのだ。メディアが情報産業として成熟し、その帰結がもたらした市場原理の姿でもある。

メディアに帰属する一人として、事件や現象の二次加工は当然のこととして知っていたつもりだったが、「引きこもる」という衝動とそれによって充足される心理が、僕にとってはどうにも想像できず、その意味では彼らの存在は突出して不気味だった。彼らに比べれば、縄張り争いのいざこざで「タマとったるで」と息巻くヤクザや、世界征服を目論《もくろ》む悪の秘密結社の総統のほうが、僕にとってはまだわかりやすい存在だった。

しかし実際に接した青年たちは皆、臆病《おくびょう》でガラスのように繊細で、剝《む》きだしでひりひりと傷ついていた。狭い空間に充足しているなど僕の一方的な妄想だった。突然侵入したカメラに怯《おび》えながら、彼らのほとんどは周囲に必死に助けを求めていた。自分がこの場所から脱することを願っていた。願いながら、大多数の人が苦もなくできることが自分にできないことに苛立《いらだ》ち、自分を責め、その悪循環に閉塞《へいそく》し、疲れきっていた。

彼らのそんな姿にレンズを向けながら、これはかつての自分自身の姿だったことを僕は思いだす。大学卒業を間近に控え、髪を切り一斉にリクルートスーツに着替えて企業回りを始めた級友たちを横目で眺めながら、僕はなかなかその踏み切り板を踏めなかった。社会参加を果たす時期なのだとは思いつつ、卒業から就職というそのオートマティックなシフトチェンジにどうしても順応できなくて、四畳半のアパートに籠《こも》っている時期がかなり続いた。引きこもることこそなかったが、結局は一度も採用試験を受けないまま、気がつけば今で言うフリーターになっていた。他者から見れば甘えでしかないし、実際に依存だと思う。でも苦しかった。

過剰な自己投影や感情の移入は危険だということは承知している。その上で断言しよう。彼らは彼岸の人ではない。誰もが引きこもる。

数年間を暗く暖かい地中で過ごしたセミの幼虫は、夏の深夜に地上へと這《は》い上がり、おぼつかない足取りで立ち木に登ってから、ゆっくりと殻を脱ぐ。長かったモラトリアムがもうすぐ終わる。硬い殻に亀裂《きれつ》が生じ、その下に覗《のぞ》く表皮は、半透明でゼリーのように柔らかい。無防備な素肌を外気に晒《さら》すこの瞬間、彼を守るものは何もない。ほとんどのセミは無事に脱皮を終えるが、ハプニングに遭遇する不運なセミも稀《まれ》にいる。落ち葉が当たっただけの衝撃でも、固まる前の薄い羽は耐えられない。こうして陽が昇り始める頃、脱ぎ捨てた殻の脇で、羽を縮こまらせたままのセミが時おり見つかる。何が起こったかを深く突き詰めたところで、彼や彼女にとってはあまり意味を為《な》さない。数時間のうちに、鳥や他の虫からこのセミは狙われる。逃げることはできない。樹液を吸うこともできないし異性を探すこともできない。だって飛翔《ひしょう》ができないのだ。その瞬間、世界は彼と彼女を閉じ込める。

他人から見たらほんの些細《ささい》なことをきっかけに人は引きこもる。僕にとっては些細でも、彼や彼女にとっては些細ではない。そしてあなたにとっては些細でも、僕にとっては些細ではない。いろんな些細が濃度を変えながら僕らの内側に脈動している。その些細の一つひとつをつまびらかにすることは不可能だしその必要もない。大切なことは、彼にあり、彼女にあり、僕にあり、そしてあなたにもあるということを知ることとなのだ。塩倉裕はもちろんその事実を知っている。知っているからこそ、この本の主語は、統計やデータを記述する際ですら、徹底した「私」という一人称で貫かれている。

脱皮に失敗したセミにとって、世界は暗く危険で陰鬱《いんうつ》なものでしかない。でも人はセミとは違い、モラトリアムの期間は一生続く。何度でも脱皮をすればよい。いつかはきっと、大空を飛翔することができるはずだ。

この原稿を書いている今日（二〇〇三年九月十三日）、また新潟で、行方不明になっていた中三少女が保護されたとの報道があった。二十六歳の無職青年が、両親と同居する自宅の自室に閉じ込めていたと言う。インターネットで検索した記事の文中に、「引きこもり」の記述が数ヵ所あった。塩倉裕は今、どんな表情でこの報道に接しているのだろう？

（『引きこもり』塩倉裕著（朝日文庫）解説）

肥大化する危機管理意識

二〇〇三年八月二十八日　大阪教育大附属池田小学校に包丁を持って乱入し、一、二年生八人を殺害、教師を含む十五人に重軽傷を負わせた宅間守（二〇〇一年六月八日当時三十七歳）被告が殺人罪に問われ、大阪地裁で死刑判決を受けた。その後被告弁護団が行った大阪高裁への控訴を自ら取り下げ、死刑判決が確定し二〇〇四年九月十四日に刑が執行された。

ここのところ立て続けに、小学校へ不審者が侵入するという事件が相次いだ。いずれも大事には至らなかったようだが、池田小事件の一審判決が出た直後ということもあり、新聞各紙には「なぜ教訓を生かせないのか?」などの見出しが大きく掲載された。

類似する事件が起きるたびに、メディアはこの「教訓を生かせない」とのフレーズを使いながら大きく嘆息する。長崎の少年事件が起きたとき、流出した加害少年の供述調書を掲載したり、プライバシーを明かすときの大義名分として、「少年の心の闇を解き明かすことで事件の再発を防ぐ」とメディアはしきりに口にした。なるほど。言葉としては反論の余地はない。行政府の正面玄関に飾られている「差別のない明るい社会」とか「平和宣言都市」などのポスターや立て看板のように、少なくとも趣旨に間違いはない。

でもその結果、僕らはどんな教訓を得たのだろう？　母親と少年が手を繋《つな》いで歩いていたところを目撃したという近隣住人の証言を引き合いに、母親の溺愛《できあい》が犯行の要因と示唆する記事を読んだときには悶絶《もんぜつ》した。その直前までは、母親の愛情不足が少年を犯行に追い込んだとする記事を載せていた週刊誌だったからだ。そのうちに「ピーマン嫌いが犯罪の要因」という記事も出るかもしれない。

売りたいことはわかる。でもさ、少し臆面《おくめん》がなさすぎやしないか。

なぜこんな事件が起きたのかと葛藤《かっとう》し、煩悶《はんもん》することはもちろん正しい。特殊な人が特殊な状況で起こした事件として片付けず、可能な限りは普遍化しようという試みも大切だ。しかし事件を完璧《かんぺき》に抑止することなど幻想でしかないことと、治安や安全への強すぎる希求の副作用について、最近のメディアはあまりに無自覚すぎる。

もしも部外者の小学校への侵入を本気で防ぐのなら、校舎を鉄条網で包囲して警備員を各出入り口に配置すればよい。監視カメラを学校中に仕掛けることも一案だし、生徒にI

Dを持たせ、複数の警備員を校内に巡回させるのならもっと完璧だ。でもその瞬間、地域共同体における学校の果たす役割は大きく変わる。何よりも僕は、思春期という多感な時期を過ごす自分の子供を、そんな殺伐とした環境に置きたくない。アメリカの学校では監視カメラの設置は常識になりつつあるとテレビで識者が言っていたが、誰もが容易に銃を入手できるかの国への視点が欠落している。

犯罪の抑止や再発防止という語彙《ごい》が世相に蔓延《まんえん》するその根底には、他者への怯《おび》えを媒介とした過剰な危機管理意識が作動している。特に地下鉄サリン事件以降、動機や理由が不明で残虐な事件が頻発したことが、この傾向に拍車をかけた。

他者への怯えは攻撃性へと転化する。白装束集団が新聞紙面を賑《にぎ》わせていたとき、早く法を整備してこの不気味な集団を取り締まれという言説が巷《ちまた》に氾濫《はんらん》した。無自覚な犯罪抑止への渇望は、無制限な規制や管理強化と同調するリスクを内包する。

テロはどうしたら未然に防げるのか？　と質問されたとき、防ぐことなどできないと僕は答えたことがある。秋葉原に行けば僕の一ヵ月の小遣いの範囲で時限爆弾を作る材料は購入できる。作り方はインターネットで検索すればよい。組織も必要ないしまとまった資金も不要だ。ビルを破壊することは難しいが、複数の人を殺傷することなど実は容易《たやす》い。それをすべて力で制圧するという幻想を抱いたのがアメリカだ。究極の危機管理は、仮想敵への先制攻撃なのだ。その結果がどうなったかは書くまでもない。

肥大した危機管理意識は、繁華街での監視カメラの設置やNシステムなどに帰結する。こうして日本は、気づかぬうちに統制管理国家への道をひた走る。キーワードは国益だ。そんな世相が背景にあるからこそ、北朝鮮に対して強硬策をとろうとしない外務官僚田中均外務審議官が天誅《てんちゅう》を気どるテロ組織に襲撃されかけたとき、石原都知事は「当たり前の話だ」と口走る。この発言もすごいけれど、でももっとどうしようもないのは、この発言を問題視しない世相だけど。

部数や視聴率という市場原理が優先して、ことの帰結への想像力がメディアにも働いていない。こうして危機意識を煽《あお》りながら、個人情報保護法や有事法制に反対しますと宣言しても意味はない。それこそ自治体が掲げる「平和宣言都市」のスローガンと同レベルだ。

（週刊現代二〇〇三年十月四日号）

「市中引き回し」舌禍の嵐

二〇〇三年七月十一日　鴻池祥肇《こうのいけよしただ》・防災担当相（青少年育成推進本部副本部長）は十一日の閣議後の記者会見で、長崎市の男児誘拐殺人事件に関連し、少年犯罪について「勧善懲悪の思想が欠落している。厳しい罰則をつくるべきだ。親なんか市中引き回しの上、打ち首にすればよい」などと述べた。

政治家たちの舌禍事件が相次いでいる。騒ぎになるたびに僕は、政治家など最初からそのレベルじゃないかと不思議になる。ただでさえ権力欲や顕示欲が強い人たちが、周囲からは「先生」とひっきりなしにおだてられるのだから、通常の感覚が麻痺《まひ》した集団だと思って間違いはない。皮肉ではなくどうせその程度なんだと思っているから腹は立たない。

でも加害者の家族の顔を晒《さら》して打ち首にしろと主張する鴻池防災担当相の今回の発言は、

僕にとってショックだった。現在のメディアを風刺する際に、僕も「市中引き回し」という言葉を時おり使っていた。要するにカリカチュアだ。でもまさか、これを実践しろという人が、実際に現れるとは思ってもいなかった。つくづく世の中は広い。

ただし衝撃を受けた理由は、発言の内容や彼の人間的資質に驚いたからじゃない。この発言に賛同するメールや激励の電話が、彼の事務所に多数寄せられたという記事を読んだからだ。よくぞ言ったという内容がそのほとんどらしい。

被害者の遺族と加害者の家族とを、安易に比較や対置などすべきじゃない。なぜならどちらも、僕らには想像も及ばないほどの極限状況にいるはずだから。ところが今の世相は、加害者家族に対しては、(鴻池防災担当相の発言が示すように)、とても冷淡だ。宮崎勤被告の父親は自殺した。他にも報道はされないが、自ら命を絶った加害者の家族は、少なくともあなたの想像よりは遥《はる》かに多い。愛する家族が犯した罪への応報で追いつめられ、更には打ち首まで要求される彼ら加害者家族にとって、今のこの社会はまさしく生き地獄だろう。

北朝鮮に対して安倍官房副長官がしきりに「対話と圧力」とのフレーズを使う。圧力をかけながらの対話とは、正しくは「恫喝《どうかつ》」という言葉になる。こうして対外的には強硬路線が、対内的には厳罰主義が横行し、この国はいったいどこへ向かうのだろう?

（朝日新聞二〇〇三年七月十七日付）

汚れた血

二〇〇三年八月二十二日　福岡市教育委員会は、同市西区の市立小学校の男性教諭が、担任していた四年生の男子児童に対し、耳を引っ張る「ミッキーマウス」と呼ばれる体罰や、「アメリカ人」「髪が赤い人」などの差別的言動を繰り返し、一方的にいじめたとして停職六ヵ月の懲戒処分にしたと発表した。

さて困った。何も書かれていないパソコンの液晶画面（原稿用紙と書いたほうが様になるのだけど）を前に、僕はもう半日ほどフリーズしている。理由は簡単。この原稿は難しい。

朝鮮総連系の機関紙「イオ」編集部から原稿依頼があったのは一ヵ月ほど前。千二百字くらいならと軽い気持ちで引き受けたのだけど、僕が普段書いたり言ったりしていることは、あくまでも今の日本人に対してのメッセージだ。つまり在日朝鮮人たちが読む媒体に書くことじゃない。そのつもりはないのだけど、何となく媚《こび》になる。その一例を以下に挙げる。

「福岡の市立小学校の男性教諭が、担任していた男子児童に様々な虐《いじ》めを繰り返していたことが発覚した。理由は児童の曾祖父《そうそふ》がアメリカ人で、『血が汚れている』からだと言う。

この手の報道に接したとき、あまり額面どおりに受け取らないようにはしているが、仮に五十パーセント引きに考えても、『汚れた血』というこの発想にはとにかく呆《あき》れる。民族の坩堝《るつぼ》と形容されるアメリカは、世界中の様々な民族が混在している。当の教諭は、どれが汚れていて、どれを綺麗《きれい》と見なすのだろう？

何よりも民族の混在はアメリカだけではない。海外から帰国するたびに僕はいつも、日本人の顔は何と民族色が豊かなのだろうとつくづく感慨に耽《ふけ》る。大昔はユーラシア大陸と地続きだった現在のこの島国には、そもそもは先住民族がいて、大陸や朝鮮半島、更に遥か北や南の国から様々な民族が渡ってきて、ブレンドされてできあがったのが現在の日本人だ。さしずめ僕などはポリネシア系だろう。五十代くらい前のご先祖が、丸太舟に乗って太平洋を北上してきたのだろうと推測している。

自らの系譜と朝鮮半島との関係を明確に口にしたのは今上天皇だ。何と勇気ある発言だと感動したが、なぜか萎縮《いしゅく》したメディアはささやかにしか報道しなかった。だからいまだに、日本人は単一民族などという世迷《よま》いごとが幅を利かす。

教諭に聞きたい。汚れた血とはいったい何なのか？　あなたの血はどれほどに綺麗なのかと」

話題としてはいささか古い。それも当然で、先月の朝日新聞のコラムで没になった原稿だ（没になった理由は、天皇云々《うんぬん》をめぐる自粛ではなく、掲載直前に、当の教諭が本当に「血が汚れている」などと口にしたかどうかが怪しくなったからだ。例によってメディアの先走り。まあ、その可能性も確かにある）。でも本当に言ったかどうかはともかく、この趣旨を「イオ」にそのまま載せることには、そのつもりはないが媚を売るようでどうしても抵抗がある、と言いながら書いちゃった。まあいいや。僕の考えすぎなのだろう。

日本人は確かに狭量で排他的だ。それは間違いない。でも、ということは、朝鮮半島に暮らす人たちだって、似ているところはきっとある。今はこんな状況だけど、立場が替われば同じようなことになっているんじゃないかな。僕はそう思う。だから申し訳ないけれど、僕は「同胞」という言葉を好きになれない。「異胞」が前提になるからだ。そんな人は存在しない。そもそもはアフリカで生まれたたったひとつの遺伝子が僕たち共通のご先祖だ。つまり誰もが同胞。その瞬間に、こんな言葉は意味を失う。早くそんな世界になればいい。

結局この原稿は、朝日新聞と同じ理由で「イオ」でも没になった。当の教諭が「血が汚れている」などの発言を本当にしたかどうかは真偽不明。だから没にする姿勢は正しい。でも、仮に教諭がこんな言葉を口にしていないのなら、噂が広まる過程で、メディアの誰かが口にしたことになる。ならばその人にもう一度聞く。「汚れた血とは何なのか」と。

（没原稿）

これにて一件落着。

日本の刑事ドラマのエンディングは、犯人逮捕で終わることがほとんどだ。でも欧米のドラマの場合、むしろそこから話が始まることが多い。

そんな話をこのあいだ耳にした。統計をとったわけじゃないからはっきりしたことは書けないけれど、でもこの話には「なるほど」と思わせる説得力はある。

本来なら逮捕された段階ではまだ犯人ではない。容疑者だ。つまり文字通り、罪の容疑がある人だ。その後の取調べで身の潔白が証明される可能性は充分にある。ところが日本の場合、逮捕後に起訴されて有罪となる確率はほぼ百パーセント。要するに逮捕された段階で、確かに「これにて一件落着」なのだ。

この姿勢はメディアにもはっきり現れている。逮捕直後や護送中の容疑者の顔を晒《さら》すことは、ニュースでは当たり前のように行われているけれど、厳密に考えれば彼（若《も》しくは彼女）はまだ有罪と決まったわけじゃない。後でもし潔白とわかったとしても、日本中に顔や名前を晒されたことのダメージは取り返しがつかないほどに大きい。まあほぼ百パーセントが有罪なら、その危惧《きぐ》はあまりないとも言えるが、でもそもそもは、ほとんどが有罪となることが普通じゃないんだよ。

強面《こわもて》のイメージの亀井静香衆議院議員は、意外にも死刑廃止を推進する議員連盟の会長を務めている。かつて警察官僚だった彼は、死刑制度に反対する理由をこう述べている。

「私が立ち会った取り調べでもありました。いわゆる拘禁性ノイローゼにかかって、取調官との関係が王様と奴隷のような心理状態になってしまうのです。絶対的権力を握られてしまい、取調官のまったくの言いなりになる被疑者がかなり多くいます。そして、そういう警察での供述をもとに今度は検察が調書を録《と》っていきます。公判廷で、いくら被告人が『あれはウソだった。勘違いだ。誘導されたんだ』と言ったところで、検面調書には証拠能力がありますから、それが優先されていきます」

取調べの現場で冤罪《えんざい》が作り上げられる過程を身をもって体験しているからこそ、亀井議員は絶対に取り返しのつかない死刑という制度に反対を表明している。でも彼のそんな訴えとは逆行するように、死刑制度を廃止しようと主張する人の割合は、近年どんどん低くなっている。関心すら持たない人も多い。悪いことをしなければ関係ないと思っているのだろうけれど、警察だって過ちを犯す。本当は僕たち一人ひとりにとって、もっと身近な問題なのだ。

仙台の筋弛緩《きんしかん》剤混入事件で、地裁は検察側の訴えをすべて認めて無期懲役を言い渡した。

被告が本当に犯人なのかどうかは僕にはわからない。でも判決が明らかに検察寄りになっていることは間違いない。和歌山カレー事件や宮崎勤事件も同様だ。このところこんな判決がずっと続いている。

麻原裁判においても、起訴された十三の案件がすべて有罪となった。と言うよりも有罪は初めから決まっていた。罪を犯したのかどうかを判定するはずの法廷が、いつのまにか罪の量を決める場所になっている。

朝鮮戦争当時の一九五二年、米軍への後方支援を公然と行う日本政府に対し、学生や労働者、在日朝鮮人たちが実力行使で反戦運動を展開した。百十一人が騒擾罪《そうじょうざい》などで逮捕、起訴されたが、一審判決で全員無罪を言い渡した佐々木哲蔵裁判長は、こんな言葉が口癖だったという。

「警察、検察庁は、秩序維持が役割です。裁判所の役割は人権保護です」

鳥肌が立つほどに恰好《かっこう》いい。でも今はもう、古き良き時代の昔話だ。つい最近、東京西《にし》荻窪《おぎくぼ》の公衆トイレの壁に、「戦争反対」とスプレーで落書きをした男性が実刑判決を受けた。問われた罪は建造物損壊。冗談としか思えない。でもこれが今の日本の現実だ。

（スカイパーフェクTV！ガイド二〇〇四年五月号）

僕のオチンチンはそこまで汚くない。

唐突だが僕はトイレに行っても手を洗わない。オートで水が出る仕組みなら洗う。でもそうじゃなければ洗わない。だってどこの誰とも知れない大勢の人が、それぞれのオチンチンを触った直後の指先で触れた蛇口に、わざわざ触りたくないからだ。数年前までは僕も無自覚に洗っていた。でもある日ふと気がついた。どう考えても不合理なのだ。

この習慣を整合化するためには、自分のオチンチンは他人のそれより汚いという前提が必要になるが、もちろんそこまで考えている人はいないだろう。「手洗い」という言葉が示すように、要するに一定量で思考が停止して、トイレは手を洗う場所だと無自覚な思い込みになっている。この習慣は日本社会古来の「穢《けが》れ」意識の副産物という見方もあるが、話が面倒になるので今はそれには触れない。書きたいことは思考の停止だ。

動機は不明で、おまけに状況証拠のみの告発で、林真須美被告への一審判決は死刑が申し渡された。数年前だったら絶対にありえない判決だ。でもいつのまにか、誰もがこの判決を当然のこととして受けとめている。近代司法の大原則である推定無罪は、もはやまったくその効力を失った。

彼女が真犯人かどうかは僕にはわからない。そんな難問をこの短いコラムで提起するつもりはない。それよりも司法にシンボライズされる日本人の意識が、急激に殺伐化していることのほうが気にかかる。

軍事国家の道を歩もうが推定有罪の国家を目指そうが、皆がその帰結を本当に自覚してのことなら諦《あきら》める。でももしも、何かが「麻痺《まひ》」したままこの不寛容な流れが加速しているのだとしたら、僕は最後まで抵抗したい。

だって見ず知らずの人のオチンチンには、やっぱり（間接的とは言え）僕は触りたくない。

よく考えよう。疑わしきを罰する風潮のはびこることの怖さを。想像してみよう。この問答無用な厳罰主義が、「手洗い」のように当然の習慣になってしまったときの世の中を。

（朝日新聞二〇〇二年十二月二十六日付）

ところで二大政党制でいいのか？

　さて困った。何を書こう。「社会評論家やジャーナリストとは違う視点で書いてください」と編集部の平井康嗣より電話があったのは五日前。要するに型破りなことを書いてくれということなのだろうが、締め切りは六日後ときた。つまり明日だ。たぶん何かの企画が没になったのだろう。テーマは「二大政党制でいいのか？」。いいのかも何も、もうその流れなんでしょと口先を尖《とが》らせても仕方がない。

　何を書こう？　下がるばかりの投票率の問題にしようか？　投票制度にインターネットや携帯電話を活用すれば多少は持ち直すかもしれないけれど、でもそんなことは、きっと既に誰かがどこかで書いている。

　民主党の出自がよくわからない？　確かに。旧自由党の右派バリバリたちも今は呉越《ごえつ》同舟している。石原都知事を帯同して尖閣《せんかく》諸島に上陸して日の丸を掲げ、最近ではテロ集団「建国義勇軍」の最高顧問だった西村眞悟議員までが今や民主党だ。民主党右派と自民党左派をトレードすれば、もう少しわかりやすくなるんだけどな。マニフェストもちらりと見たけどね。論憲から創憲？　何だか言葉遊びだな。でもこんなことも、もういろんな人が書いている。僕がここに書くことじゃない。

右傾化が進む日本社会とか言われてきたけれど、今回の選挙結果でそれが自明になったということなのかな。確かに社民党や共産党の歴史的な敗北は、拉致《らち》議連関係の議員たちが圧倒的な支持を受けたことと併せて象徴的だ。メディアも含めていろんな人が、社民党を時代遅れとか批判したけれど、政党が皆、時代の先を争っても仕方がない。時代遅れなのだとしたらそこに社民党の価値があったと思うのだけど、今の日本では評価されなかったということだろう。

今回の選挙はマニフェスト選挙とかプレ二大政党選挙とか言われていたけれど、僕から見ればテロ選挙だ。とにかくキーワードはテロ。ラムズフェルドと会談した直後の小泉は、イラク派兵について、「テロの根絶を目指して」とかまた同じ台詞《せりふ》を繰り返していた。何がテロで何が戦争行為なのだろう？　軍用ヘリを地上からロケット弾で撃墜することはテロで、バンカーバスターやデイジー・カッターで民間人も含めて多くの生命を抹殺することは戦闘行為だとしたら、その線引きが僕にはさっぱりわからない。テロへの視点を百八十度変えればレジスタンスだ。実際にヨーロッパなどでは、そう表記するメディアも少なくない。

北朝鮮の拉致はテロと認めろ？　何だかなあ。許されざる犯罪であることは当然だけど、なぜ無理やりにテロの定義に嵌《は》め込まねばならないのだろう？　拉致でいいじゃん。

ひとつだけ確かなことは、テロという言葉を使った瞬間に、絶対悪であることが強調されるということだ。絶対悪と絶対正義。この対立ならわかりやすい。どちらが悪でどちらが正義か？　そりゃ数が多くて強いほうが正義だ。歴史が証明している。二項対立だからこそ二大政党制なのだろう。当然の帰結なのかもしれない。少数意見を排除する可能性がある？　今に始まったことじゃない。少数意見なんてとっくに排除されている。

結論は簡単。要するに二大政党制になろうが何も変わらない。せいぜい今のこの動きが加速されるくらいだ。ねえねえ平井さん。これから週刊金曜日はますます読者が減るのかな。僕らはそろそろ宗旨変えをしなくてはいけないのかな。でもできないよね。仕方がない。肩身を狭くしてこの日本で余生を過ごすだけだ。僕にはもうその覚悟はできている。

（週刊金曜日二〇〇三年十一月二十一日号）

曖《あい》昧《まい》さの使い回し

ここのところ、意味がわかるようでわからない言い回しをよく耳にする。肩書きこそ映画監督だが、今のところ執筆を生活の糧にする自分としては、みんなが頻繁に使う言葉の意味がわからないようじゃ恥ずかしい。その正確な意味を、改めて考えてみた。

まず筆頭は「閉塞《へいそく》感」。使い方としては、「時代の」というフレーズに繋《つな》がることが多いようだ。そもそもの意味はわかる。出口がない状態、行き場のない焦燥などだろうと見当はつく。でも「時代の閉塞感」というこのフレーズが使われるとき、ならば出口を探そうという気概は薄い。何だか枕詞《まくらことば》のようだ。

次に「心の闇」。少年少女の犯罪や衝撃的な事件が起きるたびに耳にするフレーズだ。メディアが加害者や被害者のプライバシーを明かしたり、供述調書などを入手して掲載する際の見出しに、この言葉はよく使われる。でも文中でこの心の闇が解明されたことなど、僕の記憶では一度もない。「闇」と口にした瞬間に何かが停まる。自分で目を閉じておきながら、「彼の心の闇は深い」などとこれ見よがしに嘆息されてもなあ。何よりもそもそも、心に闇がない人などいるのだろうか。

三番目は「如何《いかが》なものか」。否定なのか肯定なのかよくわからない。これとよく似た述語は、政治家がよく使う「遺憾である」。文脈から判断すれば否定的ニュアンスのようだが、ならば「反対である」と言い切ってもらったほうがわかりやすい。

いろいろ解析してみたけれど、やっぱりよくわからない。ならばこの三つを、強引に一文にまとめてみよう。

「時代の閉塞感を背景に罪を犯した男の心の闇が解明されない限り、この行為は如何なものかと言わざるを得ない」

なるほど。やっとわかった。三つとも要するに、意味を薄める装飾語なのだ。

（朝日新聞二〇〇三年九月二十三日付）

わからないことを
メディアは認めたがらない。

十九世紀末に考案されたガソリン自動車は、ほぼ一世紀の期間を経て世界中に普及した。当然事故が起きる。国内の交通事故による死者数は二〇〇二年の統計では八千人強（但しこの数字は即死者だけで、重傷者や数日後に息をひきとった人は含まれていない）。……八千人だよ。少なく見積もっても一日当たり二十人。もしもPL法が一世紀前にあったなら、これほどの犠牲を強いる商品など絶対に実用化されるはずがない。

今回はここからが本論。少年事件の初期報道の場合、情報が遮断されるケースが多いため、事件の実態がなかなかわからない。でもそれではニュースにはならない。だから事件のツールやキーワードをメディアは血まなこになって探す。

佐世保の小六同級生殺人事件の場合、事件当夜のテレビでは、犯行現場となった学習ルームが監視の行き届かないスペースらしいと槍玉《やりだま》に上がり、翌日には加害少女が持っていたカッターナイフ、そして遂には、少女たちがやっていたというインターネット。更には少女が愛読していたという『バトル・ロワイアル』や犯行直前に観たというテレビドラマ。日々刻々と手を変え品を変え、メディアは少女を犯行に追い込んだツール探しに懸命だ。今朝のテレビでは女性評論家が、「こんな異常な事件を起こしたのだから、加害少女にその予兆はあったはずだ。なぜ親や教師はそれを見抜けなかったのか」と力強く宣言していた。

予兆だのサインだのと評論家は気軽に言うが、人間は機械じゃないのだからそんなに簡単には現れない。僕も十代前半の頃、苛《いじ》めっ子の同級生を、できることなら殺してやりたいと憎悪したことはある。たぶん誰だってそんな記憶はあるはずだ。もちろん妄想と実践との間には深い亀裂《きれつ》がある。でも深いけれど広くはない。地面を一蹴《ひとけ》りさえすれば、あっさりと越えることができる亀裂なのだ。

自動車が往来を走ることの副作用で、毎日二十人が死んでゆく。これを仕方のないことだと言うのなら、日本国内に凶悪なテロ組織が出現して、毎日二十人の人質を殺してゆくという状況を想定して欲しい。自衛隊どころじゃない。米軍を主力とする国連軍が出動して、大量破壊兵器を駆使してでも組織の殲滅《せんめつ》を図るだろう。

でも車社会を見直そうとの声はほとんどない。あったとしても視点は環境問題だ。生命の価値を考察しての声じゃない（この理由のひとつは、交通事故には皆が憎悪できる加害者の存在が希薄だからだ）。

加害少女が熱中していたというインターネットが殺人に結びついたとするならば、電話を媒介にしたトラブルや殺人は、昔から絶えることなどないことを思いだすべきだ。手紙だって同様だ。副作用のないコミュニケーションなど存在しない。

念を押すまでもないけれど、メディアの考察や煩悶《はんもん》そのものを否定する気はない。ネット社会の弊害は確かにあるし、犠牲やトラブルを最小限に抑えられるのならそうすべきだ。但し今回の犯人探しは質が悪すぎる。両親の厳しい躾《しつけ》が原因であるかのような報道が、例によって昨日あたりから現れている。同じ長崎の少年事件の際にも、母親と少年とが手を繋《つな》いで歩いていたことが、事件の要因であるかのように報道されていたことを思いだした。わからないことをわからないとメディアは認めたがらない。だから無理に理屈をこじつける。スタジオに呼ばれた評論家やジャーナリストも、晴れ舞台とばかりに気負って発言する。こうして少しずつボタンのかけ違いが拡大し、挙句の果てに文部科学省が「命の重みを教える教育」などと戯言《ざれごと》をほざき始める。頼むから引っ込んでいてくれ。そんなもの教室で教わることじゃない。

かつてラジオで共演した軍事アナリストの神浦元彰は、本番直前に「本当に何を喋《しゃべ》ってもいいの？」」と興奮気味で、何を喋るつもりなのだろうと思っていたら、番組が始まると同時にいきなり、「北朝鮮を過剰に恐れる必要はない。日本中が幻想に怯《おび》えている」と断言し、放送が終わってから、「すっきりした。テレビじゃこれを言わせてもらえないんです」と微笑んだ。

拉致《らち》問題と同級生殺人事件の背景に、同様の構造が透けて見える。競争原理に煽《あお》られたメディアが設定する仮想敵の存在が、国の進路をいつのまにか歪《ゆが》めている。

振り返ろう。日本はずっとこの過ちを繰り返している。

（週刊現代二〇〇四年六月二十六日号）

隠される手錠、晒《さら》される素顔

容疑者連行の際のテレビ映像で、手錠や腰縄がモザイクで隠されていることに不思議な思いをした人は多いと思う。かつてテレビ業界にいた僕自身も、この習慣が不思議だった。その理由や意図を訊《たず》ねれば、スタッフのほとんどが首をひねる。人権への配慮と尤《もっと》もらしく説明するプロデューサーはいたが、ならば被疑者の段階で顔を晒すことの説明がつかない。要するに無自覚な条件反射なのだろう。

ところが逆のケースもある。スーパーフリーだ。集団によるレイプを継続的にやっていた大学生たちの顔写真が、名前や年齢と共に公開された。大学生とはいえ成人なのだから、この報道自体に異議を唱える気は僕にはない。しかし合意の有無というデリケートな要素が判定されるこの段階で（まして痴漢冤罪《えんざい》が大きな社会問題になったこともあって）、報道は普通ならもう少し、及び腰になるはずだ。少なくともこの種の事件で、これほどに容疑者の顔を晒すことは、普通ならありえない。

顔や名前を全国に晒されるダメージは大きい。その根拠や機能が曖昧《あいまい》なまま濫用されてきたモザイクへの反作用が、茶髪やパラパラダンスという要素に刺激されながら、学生のくせに金回りの良さそうな容疑者たちを懲らしめてやりたいとの衝動と密通した。端的に言っちゃうと、いい気味だザマミロという心情が、晒された顔の背後に滲《にじ》んでいる。メディアは時おりこれをやる。数年前の成人式で、会場で暴れる新成人たちの顔が、天誅《てんちゅう》だとばかりにテレビ画面で晒されて、その数日後には（どんな議論が内部であったかは知らないが）、ほとんどの局が、顔にモザイクをつけていたことを思いだした。

溜飲《りゅういん》を下げたいという世相に引きずられるように、メディアは容疑者を市中引き回す。そこには、客観性や公平さなど欠片《かけら》もないことくらいは、せめて自覚するべきだろう。だってメディアはそもそも懲罰機関ではなく、報道機関のはずなのだから。

（朝日新聞二〇〇三年六月二十五日付）

不思議の国の極刑裁判

二〇〇四年二月二十七日　元オウム真理教教祖・麻原彰晃被告死刑判決

重低音が下腹に響く。ヘリコプターだ。思わず上空を見上げたが、生い茂る並木の梢《こずえ》でその姿を捉《とら》えることはできない。音からすると複数だ。それも半端な数じゃない。おそらく十機以上は飛んでいる。

『屍肉《しにく》に群がるハゲタカのように』とのフレーズは、比喩《ひゆ》としては凡庸だし、メディアに対してのネガティブな作為が滲みすぎているとは思う。でも、そんなイメージがふと浮かんだ。カメラを担いだテレビクルーが、傍らを足早に次々と通り過ぎていく。灌木《かんぼく》の下を潜れば、騒然とした雰囲気に身を包まれる。空だけじゃない。何台もの中継車やテレビクルーに抽選を待つ四千人あまりの群衆が、早朝の日比谷公園に集まっている。メディアのヘリがハゲタカなら、たぶん地上を歩く僕らはハイエナだ。

二月二十七日午前八時。十三の事件（後に二つは取り下げ）で殺人罪などに問われたかつてのオウムの教祖への判決公判が、今日これから開かれる。でも判決の内容は、既に誰もが知っている。予想ではない。まさしく「知っている」のだ。極刑以外はありえない。その意味ではニュース性など欠片もない。ならばメディアのこの熱狂は、いったい何を燃料にしているのだろう？

群衆の中から、長身の男がこちらに向かって走ってきた。共同通信社社会部の記者である澤康臣だ。

「傍聴券当たりましたよ」

「ほんと？」

「予想以上の人出だったので、実は直前まで不安だったんです」

「ねえ澤さん、このお祭り騒ぎはいったい何だろう？」

唐突な僕の問いに、立ち止まった澤はしばらく天を仰ぎ、それから小さく吐息をついた。当たって良かったねとまずは言うべきだったかなと思いながら、僕はそんな澤の様子をじっと眺めている。少しだけ肩をすくめるような仕草をしてから、澤はゆっくりとつぶやいた。

「……もしこれが祭りなら、明日にはもう、誰も振り返らないでしょうね」

僕はもう一度周囲を見渡した。なるほど確かに。人は普通なら終わった祭りを惜しまない。だって次の祭りは必ずくる。終わった祭りより次の祭りのほうが大切だ。おそらく今日のこの昂揚《こうよう》をきっかけにするように、オウムの風化はさらに加速する。

つぶやいた自分の言葉を持て余すかのように、澤はもう一度吐息をついた。話を聞きたいとの連絡を彼から受けたのは去年の秋。麻原判決の特集記事を任されたということだった。同時期に在京のキー局から、判決当日はオウム特番を作る予定なので協力して欲しいとの依頼が二つあった。今さら麻原の判決なんてニュースバリューがあるの？　立て続けの依頼に驚きながらそう聞く僕に、「まあけじめですから」とディレクターは少しだけ肩を落としてつぶやいた。

年が明けてから、テレビの話は二つとも消えた。「森さんを使うことに局内の反発が強いんです」とディレクターは僕に打ち明けた。別にショックはない。馴《な》れている。「A」や「A2」を観たディレクターやプロデューサーから出演やコメントなどの打診があっても、彼らの上司であるチーフ・プロデューサーや報道局長などから、「森を画面に出すのはまずい」との意見が出る。そのほとんどの場合、チーフ・プロデューサーや報道局長は、「A」や「A2」を観ていない。「あいつはオウムの幹部なのに出演などとんでもない」と言ったプロデューサーもいたらしい。この数年、その繰り返しだ。特にテレビからは嫌われている。

澤とはその後も何度か会った。傍聴しますか？　との電話があったのは二週間ほど前だ。メディアから傍聴の依頼を受けたのはこれが初めてだ。

もちろん本気で傍聴をする気になったのなら、メディアからの依頼など当てにしないで自分で抽選に臨めばよい。でも僕は結局、抽選券の列に並んだことはこれまで一度もない。なぜなら法廷にはカメラを持ち込めない。僕は映像表現行為従事者だ。カメラを回せない自分には意味などない。ジャーナリスト面などすべきじゃないし、したくもない。自分にはそう言い聞かせていた。多少は意地になっていた側面もあるかもしれない。

でも今回だけは例外だ。控訴審になれば、被告は法廷に出頭する義務はない。つまり今日は、生身の麻原を目撃できる最後の機会になるかもしれないのだ。

澤から受け取った抽選券をジャケットの内ポケットに入れながら、東京地裁へと向かう。上空で響くヘリの爆音がひときわ大きくなり、中継車と地裁とのあいだを往復する取材クルーたちの動きが激しくなる。いよいよ祭りが始まる。忘れてはならない。何よりも僕自身も、この神輿《みこし》を担ぐ一人なのだ。

午前八時五十分。玄関前で抽選券を傍聴券と引き換え、携帯電話などをバッグに入れてから係官に預け、一〇四号法廷前の行列の最後尾に並ぶ。顔を上げれば、すぐ前に立っているのは有田芳生だ。よく来るんですか？　と訊《たず》ねる僕に、傍聴は久しぶりだよと答えながら、有田は不思議そうに囁《ささや》いた。

「森さん、メモは？」

しまった。筆記用具をバッグに入れたままだった。

「忘れました」

「それはいけない」

横にいた女性に有田は、もしあまっていたら筆記用具を貸してやってくれないかと頼んでくれた。日本テレビの名刺と筆記用具を受け取ってから礼を言うと、『A』観ましたよ」との言葉が彼女から返ってきて、少しだけ僕はうろたえた。

「A」撮影時の七年前、日本テレビの取材方法は現場では突出して強引で、隠し撮りなども頻繁だった。施設内の取材に来て、信者たちの目を盗んで祭壇から仏具をこっそり持ち帰ったワイドショーのクルーもいた。

「ルール違反はまず日テレ。次はフジ」

そう言いながら信者たちは、諦《あきら》めたように笑っていた。

「A」にはそんな情景も映しだされている。快く思っているはずがない。でも彼女は、

「とても勉強になりました」とつぶやいた。少しだけ顔が火照《ほて》る。仮に半分以上は社交辞令だとしても、観てもらえただけでも嬉《うれ》しかった。

入廷して傍聴席に座ってから程なく、検察側が着席する横の扉がいきなり開き、屈強な刑務官に両脇を支えられた麻原が、よろけるように現れた。法廷内の視線は、すべて彼に

集中した。刑務官に誘導されて被告席に腰を下ろしてからも、麻原は子供のように落ち着かない。頭を掻《か》き、唇を尖《とが》らせ、何かをもごもごとつぶやいている。

その表情に、ふいに笑みがにっこりと浮かんだ。まさしく破顔一笑だ。でも次の瞬間には、再び苦々しそうな表情に戻っていた。笑みの時間は一秒あまり。頭を掻き、唇を尖らせ、何かをもごもごとつぶやいてから笑うという一連の動作を、麻原は再び繰り返している。律儀とでも形容したくなるくらいに正確な反復だ。

椅子に座ったまま僕は動けない。複数の司法担当記者たちからは、もう彼には正常な判断能力はないだろうとの推測を聞いてはいた。でも自分の目で確認するこの光景は、やはり強い衝撃だった。

同じ動作の反復は、統合失調症など精神的な障害が重度になったときに現れる症状のひとつだ。麻原の一連の表情や動作に、周囲との同調や連関はまったくない。つまり彼は、自分だけの世界に閉じている。俗な表現を使えば、「壊れている」ことは明らかだった。

今この瞬間、日本中が注目する一〇四号法廷。でも渦中の男は既に空っぽだ。判決理由の朗読が続いている。傍聴席で居眠りをしていた女性が、廷吏にそっと注意された。

奇妙な空間だ。『不思議の国のアリス』に、こんな場面があったことを思いだした。ハートの女王が、「首をちょん切ってしまえ!」と被告席のアリスに絶叫したとき、兵隊たちは紙のトランプに戻りながら、アリスに一斉に襲いかかった。その後の展開が思いだせない。アリスはどうしたのだろう？　キノコを齧《かじ》って巨大化したのかな。

昼の休廷をはさんで、判決理由の朗読は四時間あまり続いた。傍聴席の記者たちの動きが激しくなった。裁判所前でレポートするためだろう。祭りはまだ続いている。でも神輿の上では、抜け殻となった麻原がゆらゆらと揺れているだけだ。

起訴された十三事件すべてに於《お》いて、裁判長は弁護側の主張を斥《しりぞ》けた。意外だった。ひとつか二つくらいは、弁護側の主張を認める展開はあるかもしれないと思っていたからだ。なぜなら十三の事件のうち、麻原が現場にいたのは九四年の落田耕太郎さん殺人事件の一件だけだ。これ以外はすべて、指示や謀議があったとの他の幹部信者たちの証言が前提だ。本人の供述はないし物証もない。しかも証言した幹部たちのほとんどは、現在は麻原に激しく反発している。近代司法の基本原理である推定無罪を持ち出すまでもなく、通常なら微妙なケースだ。でも裁判長は、逡巡《しゅんじゅん》の気配など欠片《かけら》も見せず、すべてを有罪と認定した。

はっきり書こう。まるで検察側の論告求刑を聞いているかのような判決理由だった。

オウムが日本社会に与えた後遺症は大きい。特に刑事司法は劇的な変化を遂げた。少年法や精神保健福祉法の改正、和歌山カレー事件や仙台筋弛緩剤《きんしかん》事件などを例に挙げるまでもなく、剝《む》きだしとなった応報感情を背景に厳罰志向は強くなり、結果として推定有罪が当たり前になりつつある。

要するに簡単に言えばこういうことだ。

「悪い奴は許さない。報いを受けよ」

その端緒となった男は今、目の前にいる。傍聴席から自業自得だと声をかけたとしても、彼にはおそらく届かない。僕は視線を凝らす。動作の反復は相変わらずだが、少しだけ緩慢になりつつあるようだ。両脇に座る刑務官二人が、時おり耳元に囁きかけているが、麻原がそれに反応する気配はまったくない。アリスがどうやって窮状をしのいだかは、まだ思いだせない。でも少なくとも、今の麻原の手許《てもと》には魔法のキノコなどない。彼にできることはただひたすら、こうやって動作を反復し続けることだけなのだ。

主文言い渡しの前に、裁判長は麻原に起立を命じた。しかし麻原は動かない。何を言われたかすらわからないのだろう。八人の刑務官たちが彼を取り囲み、両腕をとって引き起こし、証言台の前に引き立てた。

そんな光景を眺めながら、積み木細工を僕は思いだした。証言台の前でゆらゆらと揺れる麻原の身体から、倒れないように全員が、おそるおそる手を離す。その瞬間、裁判長が主文を読み上げた。

「……今ではその現実から目を背け、閉じこもって隠れている。一片の謝罪の言葉も聞くことができない」

終盤のこの激しい叱責《しっせき》にも、もちろん麻原は無反応だ。指先でちょっとだけ頭を掻いた。仮に自分の意志で「隠れた」のだとしても、今の彼にはもう言葉は届かない。答えたくても答えられないのだ。この場にいる誰もが、それを感じているはずだ。ならば裁判長のこの言葉は、いったい誰に向けられているのだろう。誰に聞かせるための言葉なのだろう。

啜《すす》り泣きの声が傍聴席から洩《も》れる。刑務官たちが、また麻原を取り囲む。閉廷だ。

建物の外に出れば、傍聴を終えたばかりの遺族やジャーナリストたちが、夥《おびただ》しい数のカメラに包囲されている。ジャーナリスト？　冗談じゃない。いったい彼らはこれまで何を見てきたのだ？　僕はタクシーを拾って共同通信社に向かう。原稿を書き終えたのは夜八時。どうでした？　と澤が声をかけてくる。

「彼の今の状態を詐病だという人もいるようだけど、澤さんはどう思う？」

「……僕にはそうは思えません」

少しの間を置いてから、澤はそう答える。口調に苦渋が滲《にじ》んでいた。

午前と午後の法廷で、麻原のズボンが変わっていたことが何度かあるんですよと教えてくれたのは、裁判所の廊下ですれ違った旧知の記者だった。東京拘置所職員に知り合いがいる雑誌記者に、麻原の入浴は数人がかりで、服を脱がせてホースで水をかけながらモップで洗うという話も聞いたことがある。

何よりも麻原は、もうまる五年間、誰とも口を利いていない。仮にもしこれが演技なら、それこそ怪物だ。

もちろん詐病の可能性を全否定することはできない。でも、ならばというか、だからこそ、精神鑑定を実施すべきなのだ。少なくとも彼の表層的な言動は正常ではない。仮に演技ならそれを見破ればよい。当たり前の話だ。ところがまるで暗黙のタブーのように、誰もこれを言いださない。結局は逮捕されてから現在まで、彼は一度も精神鑑定を受けていない。通常なら逮捕直後に実施されたはずだ。ところがなぜか為《な》されなかった。誰も口にしなかった。鑑定が万能とは僕も思わない。でもやらないよりはましだ。

仮に統合失調症や過度の拘禁反応ならば、投薬や静養で劇的に回復する。そもそも彼が不規則な言動を法廷で始めた七年前に適正な医療処置を施せば、ここまで悪化はしなかっただろう。結果として僕らは、彼の症状が末期に至る過程を放置した。見て見ぬ振りをした。その帰結として事件の本質は、深い闇に閉ざされた。

九・一一以降のアメリカは、オウム以降の日本に重複する。テロの不安に怯《おび》えた国家共同体は、過剰な危機管理意識を発動し、正と邪、善と悪などの対立概念に単純化された二元論に収斂《しゅうれん》しながら内部的結束を強め、アメリカの場合は自分たちの正義を謳《うた》いながら、仮想敵であるイラクへの先制攻撃へと暴発した。

この構造はそのまま、救済という善意を燃料に被害妄想を肥大させ、他者への想像力を失い社会に攻撃を仕掛けてきたオウムと、多くの因子を共有する。

つまり日本社会は、オウムによってオウム化しつつある。

もちろん罪は裁かれねばならない。指示があったかどうかは僕にはわからない。でもオウムの求心力は確かに麻原だ。だからこそ事の重大さに耐えきれず、彼は無残に崩壊した。しかし吊るすことを最終的な目標とする社会は、目に映るこの現実を認めようとしない。残された信者たちも、最終解脱者の発狂など、できることなら信じたくない。

こうして両側から、麻原は孤絶した。残されたのはシュールな演劇空間だ。

とにかく祭りは終わった。この日の夜、僕はTBSのラジオ番組「アクセス」に出演した。テーマはもちろんオウムだった。

「控訴審では時間をかけず、早く死刑にして欲しい」

聴取者からの電話のメモの一部だ。スタジオの壁に据えられたテレビでは、「最初から最後までくだらない男だ」と傍聴席にいた女性ジャーナリストが吐き捨てている。ブッシュと米政府を批判する彼女は、なぜ同じ構造に自分が嵌《はま》っていることに気づかないのだろう。

翌朝、僕は近くのコンビニで、一般紙とスポーツ新聞を買い集めた。

「にやけ顔」「大あくび」「グフフと時折人をバカにしたような笑みを浮かべ」「頭ボリボリ」「ひとごとのようなそぶり」。

……全身から力が抜ける。読み進めながら、昨日自分がいた場所はどこだったのだろうとつくづく思う。不思議の国に迷い込んだような感覚はまだ続いている。法廷だけではない。この国全体が「不思議の国」なのだ。「土壇場で無駄な抵抗」との表記があり、何のことかと思ったら、主文言い渡しの際にすぐに起立しなかった経緯の描写だった。

同じ景色を眺めながら、人は違うことを考える。それはわかっている。笑顔がにやけ顔に見える人がいたとしても仕方がない。でもその誤差を全部差し引いても、この誇張された描写に見え隠れする憎悪は尋常ではない。アンフェアだとかそんなモラルを主張する気はない。普通ならありえないことが、オウムを方程式に代入した瞬間に当然のこととなる。少しだけあった違和感は憎悪を燃焼する過程できれいに揮発して、異常さはいつのまにか当然のこととなる。こうして社会の麻痺《まひ》は蔓延《まんえん》する。気がついたときには、僕らはもう後戻りなどできない場所に立っている。

判決翌朝のワイドショーで、法廷での麻原の見苦しさを論《あげつら》ったゲストが、「とにかく生きる価値などない男だよ」と言い加えた瞬間、七歳になる長男は、じっと無言でテレビを見つめていた。

「確かに彼は人を殺《あや》めた。だから罰を受ける。でも本当は、生きる価値がない人なんていないんだよ」

僕のこの言葉が、怯えたような表情の息子に、届いたかどうかはわからない。

（週刊現代二〇〇四年三月二十日号）

メディアは、
どこまで
無自覚に報道し
続けるのだろう。

メディア訴訟は黒星続き

この十年、二十年のスパンで考えたとき、メディアがこれほどに叩《たた》かれたり揶揄《やゆ》されたりする時代はかつてなかったことに気づく。メディアが発達すれば当然ながら軋轢《あつれき》も多くなるという見方ももちろん可能だけど、特にここ数年だけを俯瞰《ふかん》すれば、明らかに突出して摩擦係数は上がっている。

報道被害によるメディア訴訟では黒星続き。おまけに賠償金も、アメリカ並みとまでは言わないが相当に高額化している。小さな出版社などにとっては大きな脅威だろう。個人情報保護法も立法化され、過熱する取材をメディアスクラムなどとネーミングされた上に監視され、遂にはバラエティ番組のギャグにまで謝罪を要求されるご時世なのだからまさに満身創痍《そうい》。

僕自身もつい最近、子供のPTAで知り合った複数の父兄たちに、「最近はマスメディアが言ったり書いたりしていることはほとんど信用していません」といきなり言われて絶句したばかりだ。一応はメディア業界の片隅に棲息《せいそく》しているという意識はあるから他人事《ひとごと》じゃない。必死にやれば角が立つし手を抜けば怒られる。いったいどうすれば良いのだろう天を仰ぎたくなる気持ちもわかる。

……とここまで書き進めて、いったいどうすれば良いのだろうと煩悶《はんもん》するメディアなど、本当に存在しているのだろうかとふと思う。もちろんメディアという抽象的な主体が悩むはずはない。そこに帰属する構成員の一人ひとりだ。

読者に聞く。自分自身の胸に手を当てて問い返して欲しい。

メディアの行く末について、本当に葛藤《かっとう》していますか？

①　葛藤している。毎日考えている。
②　たまにする。普段はあまり考えない。
③　ほとんど考えていないのだから葛藤などするはずがない。

③を選んだ人はあまりいないだろう。なぜならそんな人は、そもそもこの本を手にしない。彼や彼女にとって、読まなくてはいけない本は世の中にいくらでもある。無人島に漂着して他に読む本がないのならともかく、③を選ぶ人が（仮にこの本を手にしても）、僕のこの文章をここまで読み進めるとは思えない。

もしもあなたが①を選んだのなら、以下の僕の文章はあまり役に立たない。なぜなら僕自身がもし読者の立場なら、選ぶのは②だからだ。つまりあなたのレベルはこの書き手より上なのだ。この文章は、あくまでも②の程度である僕が、②の程度であるあなたに読んで欲しいと思って書き始めた。①を選んだあなたは、もっと実践的なことを考えるべきだ。

でも書き手と読み手が同程度ならアウフヘーベンなど起こり得ない。その指摘はご尤《もっと》も。書き手である僕自身は確かにレベルとしては②だけど、(自分で書くのは面映《おもはゆ》いが) 時おり視点が他人と違うらしい。コップは横から見れば長方形だけど、真下から見れば円になる。もしも大多数の人がコップを長方形にしか認識しないのなら、「円く見えるよ」という僕の視点にもそれなりの意味はある。でも仮にそうだとしたら、なぜ僕は多数派とは違う視点を持つようになったのだろう?

オウム真理教信者を撮る過程でテレビメディアから弾《はじ》きだされたことをきっかけに、僕はメディアへの批判を口にするようになった。言い換えればメディアの歪《ゆが》みや矛盾がよく見えるようになった。しかし撮り始めた当初、モティベーションや使命感など僕には欠片《かけら》もなかったはずだ。オウムを殺人集団として強調して描くことをプロデューサーに要請され、「ロケが始まったばかりだから殺人集団かどうかまだわからない」と答えただけだ。当たり前の反応だと今でも思う。ところがすべてはここから始まった。その後に撮影中止を命じられ、更にディレクターとしての契約を打ち切られ、仕方なく僕は自主制作映画の道を選んだ。言い換えれば他に選択肢はなかった。要するに消去法だ。

映画処女作品である「A」においてはオウムを、そして続編の「A2」では右翼を、更に過去のテレビ作品では、小人プロレスラーや部落解放同盟、動物実験業界や放送禁止歌など、僕の一連の作品の被写体には、確かにテレビ的にはタブーと見なされる素材が多い。実際によく質問を受ける。どうやって彼らに撮影を承諾させたのかと。答えは全部共通している。

「撮って良いですか？」と僕は訊《たず》ね、「撮って良いよ」と彼らは答えたのだ。

緻密《ちみつ》な戦略や高邁《こうまい》な目的意識など僕には縁がない。能動性も低いし持続力もない。何よりも映像における技術やセンスは水準以下のディレクターだ。謙遜《けんそん》ではない。事実だ。でもならばなぜ、僕はこれらの作品を作ることができたのか？

鈍いからだ。

自信を持って断言する。僕は鈍い。小学校時代からそうだった。クラスメートが皆気づいていたのに、学級委員の石田君と副委員の山口さんが相思相愛だと、三学期が終わるまで気づかなかった。要するに場を読めない。マジョリティである周囲とどうしてもずれてしまう。その意味では、社会生活を送る上ではネガティブな属性だ。誇張や嘘だともし思うなら、僕の友人や知己、家族に証言してもらってもよい。たぶん誰もが、「確かにあいつはどうしようもなく鈍い」と口を揃えてからため息をつくはずだ。

でも鈍いからこそ僕は、オウムや右翼や解放同盟に「撮って良いですか?」と聞くことができたのだと思う。タブーというレッテル貼りや警察情報の横流しなどに象徴されるメディアの矛盾は、過剰な自己保身や危機管理意識を培養土として発芽する。鋭敏すぎる感覚は、その帰結として麻痺《まひ》へと至る。要するに思考が停まる。

こうしてメディアは無自覚な自縄自縛へと至り、自らの麻痺に気づかないまま、社会正義や公正中立などという幻想を臆面《おくめん》もなく口にし始めるようになる。もちろんだからといって、全メディアが僕のように鈍くなったら、混沌《こんとん》としたどうしようもない状況になることは自明だ。その意味では、無自覚な鈍さは論外だ。

かつて個人情報保護法について意見を求められたとき、この法案が成立したほうが今のメディアにとっては良いかもしれないと僕は発言した。なぜならコップの水をバケツに入れても水は溢《あふ》れない。法規制がバケツの容器なら今のメディアはコップの中だ。しかも自らコップを選択しているという自覚がない。ならばバケツという枠に入れられて、改めて枠内にいることを実感したほうが良いとのつもりだった（発言したのは個人情報保護法反対集会の場だ。後でさすがに主催者から「気持ちはわかるが……」と渋い顔をされた）。

で、②を選んだ読者に結論。もっと鈍くなってよい。周囲すべてが「何と豪華な衣装だ」と溜息《ためいき》をつく中で、「でも王様は裸だよ」と口に出せるほどの鈍さだ。勇気や使命感など不要だ。言葉にできないのなら首を捻《ひね》るだけでも良い。後先を考えすぎたら口にできなくなる。鈍さで充分。ただしその自覚だけは必要だ。自らの鈍さを本当の意味で自覚できたとき、この書き手と読者は、やっと③のレベルに到達できる。

（講談社「出版情報」二〇〇三年十一月号）

消された四分間

二〇〇一年一月、NHK教育テレビで「問われる戦時性暴力」というタイトルの番組が放送された。しかし放送後、被写体となった市民団体は、内容に改ざんがあったとしてNHKと子会社のNHKエンタープライズ21、番組制作会社ドキュメンタリー・ジャパン（以下DJ）を訴えた。

この三月二十四日、東京地裁は「被取材者の期待を裏切った」としてDJに百万円の支払いを命じ、NHKには「編集権の自由」を理由に、賠償責任はないとの判決を下した。

このドキュメントの主軸となった女性国際戦犯法廷は、訴訟の原告となった市民団体が主催する民衆法廷だ。海外と国内合わせて延べ五千人近くが参加して、従軍慰安婦問題における昭和天皇と国家の責任を追及した。

NHKエンタープライズ21は、この法廷の経過を番組で紹介することを発案し、NHK本局の了解を得た上で、制作会社であるDJに業務を委託した。この法廷を番組で取り上げるからには、天皇の戦争責任などの文脈に触れることは自明だった。DJ内部でも、よくこんな企画をNHKは承諾したと、当初は驚きの声が上がったという。

ところが案の定、放送直前になってＮＨＫ内部に不協和音が生じ始めた。右翼団体がＮＨＫに対して示威運動を展開したと指摘する人もいるし、政治的圧力があったとする説もある。真偽は不明。確かなことは、放送直前になってから内容の大幅な変更を命じられたＤＪは、編集作業から降りることを申し入れ、通常は四十四分の放送枠であるこの番組が、結局は四十分に短縮して放送されたことだ。これについてＮＨＫ側は「よくあること」と説明したが、冗談じゃない。内容に合わせて尺を変えることなど、テレビにとって普通であるはずがない。ＤＪが暴走したとのニュアンスを含む説明もＮＨＫ側からあったらしいが、そんなことは絶対にありえないと僕は断言する。読者でもしテレビ業界の人がいれば、一人残らずこれには同意してくれると思う。

テレビ業界で仕事を始める前の僕は、印刷や不動産という業種も体験していた。だから下請け構造にはある程度の免疫はあるつもりだったが、テレビ局と番組制作会社との待遇や力関係の落差には圧倒された。まさしく主従関係だ。

日頃僕らが目にしているテレビ番組の半分以上は、番組制作会社の制作だ。クレジットで局制作を謳《うた》う番組にしても、番組制作会社からの派遣スタッフや取材協力がなければ成り立たない場合が多い。なぜならすべてのスタッフに局員を起用すれば、残業代で制作費はパンクする。だから労働力対価を低く抑えられる外部スタッフを、局は使わざるを得ないわけだ。まあ少し大袈裟《おおげさ》に書いたけれど、局員の高い給料（本当に、洒落《しやれ》にならないくらいに局員の給料は高い）を維持するために、とにかく下請けは思いきり搾取されている。見方を変えれば番組制作会社は、局の生殺与奪を握っていると言えるのだが、でもなぜか局の指示には逆らえないし、圧倒的なまでに不均等な関係は変わらない。

この背景には、営利企業でありながら監督官庁の免許事業であるテレビ業界に、本来の意味での競争原理が働いていないことが大きな要因として作用している。クライアントが限られてしまうから、主従構造はなかなか変わらない。要するにお役所とその下請けの関係だ。

いずれにせよこの状況下に於《お》いては、番組制作会社の暴走などありえない。

地裁の判決を要約すれば、NHKには撮影素材を自由に編集する権利があると認めながら、取材される側が抱いた「期待・信頼」は法的保護の対象になるとして、その「期待権」を侵害した場合には、取材者である制作会社に賠償責任が生じるとのことになる。

「期待権」って何これ？

期待を裏切ることで賠償責任を問われるのなら、報道はその瞬間に意味を失う。取材によって新たな事実を摑《つか》んでも、被写体や取材対象者の期待や思惑に沿わなければこれも報道できなくなる。何よりも、取材の過程で新事実を摑んだとしても、当初の企画から逸脱することとすら今後はご法度となりかねない。

まずいよ、これ。疑惑まみれの政治家にインタビューを申し入れ、汚職への関与について、巧みに言質《げんち》をとった状況を想定して欲しい。この判決を演繹《えんえき》すれば、期待権への侵害を理由にこのインタビューは没になる。こんなバカな話はない。週刊文春に対する差し止め判決も確かにどうしようもないけれど、こちらのほうが見方によってはもっと悪質だ。ところがマスメディアは例によって、一極集中で視野狭窄《きょうさく》。こちらの報道は文春問題に比較すれば圧倒的に少ない。

編集権が自由であることは当たり前。そんなことにお墨付きはいらない。局の一存で内容を改変することを認めながら、企画段階で期待や信頼を生じさせるような説明をした現場担当者が責められるならば、通常の報道はもちろん、ドキュメンタリーだってもう成り立たない。とにかくどうしようもない判決だ。

この判決が下されて数日後、NHKスペシャル「イスラエルとパレスチナ〜遺族たちの対話」を観た。自爆テロや戦車の砲撃で家族を殺されたイスラエルとパレスチナの遺族たちが、対話集会に臨むまでの葛藤《かっとう》や苦悩を描いたこのドキュメンタリーは、憎悪や殺戮《さつりく》を伝えるだけの通常の報道とは一線を画し、人の心情や事象の多面性を的確に捉《とら》えていた。くだらない中立や客観性などにおもねることなく、制作者の思いも表出していた。

こんな判決さえなければ、今回はこの番組の感想をたっぷりと書き記すことができたのに。

（週刊現代二〇〇四年四月十七日号）

みんなで怒れば怖くない。

二〇〇四年三月十六日　田中眞紀子元外相の長女のプライバシーに関する記事を掲載した問題で、週刊文春は東京地裁から差し止めの仮処分を命じられた。文藝春秋は異議を申し立てたが、東京地裁はこれを退け、抗告審で三十一日、東京高裁は原決定を取り消した。

ずっと違和感がある。週刊文春に東京地裁が命じた発売禁止の仮処分に対してはもちろんだけれど、むしろこれに対するメディアや世間の反応に。

事前差し止めという措置が検閲に繋《つな》がる可能性は確かにある。その意味ではこの仮処分を肯定など絶対にできない。僕もそう思う。ならばこの違和感の由来は何だろう？一つひとつの論点が微妙に横滑りを起こしている。同時に、判決を批判するほとんどの人が、あまりに歯切れよく断言しすぎている。そんな感覚だ。例えば公人と私人の分類について。

ほとんどの識者の論調に拠《よ》れば、政治家や官僚、そして芸能人や文化人は公人で、その家族は準公人ということになるらしい。ならば親戚《しんせき》の場合、何等親までが準公人になるのだろう？　何よりも等親と実際の関係の密度は比例しない。離婚した妻やその子供、秘書とその家族は準公人なのか？　売れない映画監督やフリーライターの公私の線引きは何だろう？　年収なのか、それとも知名度で決めるのか？　ならば誰が決めるのだろう？

ほんの数秒考えるだけで、グレイゾーンはどんどん広がり始める。境界など本来はない。司法は確かに線を引くジャンルだ。でもメディアはもっと曖昧《あいまい》な領域のはずだ。無理なマニュアル化は思考をとめる。その後遺症が心配だ。

もうひとつは、報道における公共性と公益性のロジックだ。確かに報道の基本原理に繋がる論点ではある。でも発売禁止の仮処分に対抗するためとはいえ、この二つの概念を振りかざしながら表現の自由を訴えるメディアに、僕はどうしても危うさを感じてしまう。公共や公益という言葉が収斂《しゅうれん》する社会正義に、メディア自らが一体化してしまうことへの危惧《きぐ》だ。この剝《む》きだしの正義と自己陶酔が、鳥インフルエンザで渦中の人となった浅田農産会長夫妻を、結局は自殺にまで追い込んだことを忘れてはならない。

メディアの役割は懲罰を与えることではなく、みんなが知りたいことを報《しら》せること。そもそも下世話で卑しい仕事なのだ。そう思ったほうが間違いはない。その引け目や後ろめたさを失ったとき、メディアは公共だの正義だのといった言葉を濫用しながら、「表現の自由」を自ら規制し始める。それも無自覚に。

司法は民意に左右される。今回の地裁判決の背景に、増長するメディアにお灸《きゅう》をすえてやれという大衆の欲求があったことは否定できない。この延長に、懲罰主義が加速する今の世相がある。

悪い奴は徹底的に懲らしめろ。社会にとっての異物は排除せよ。共同体の結束を強化して危機管理に心を砕け。こうして街には監視カメラが増殖し、駅には無数の警察官が歩きまわり、国歌を歌うときに起立しなかった教員は処分される（国旗国歌法が成立したときに、決して強制はしないと言ったのは誰だっけ？）。

正義や善意が暴走するこの世相だからこそ、「公」がつく概念を無担保で称揚する気に僕はなれない。異物や悪への憎悪や忌避感が裏返れば、タマちゃんやハルウララに対する過剰な善意や優しさとなる。どちらにせよ、葛藤や煩悶《はんもん》がいつのまにか抜け落ちている。

先月末、NHKの番組を巡っての訴訟で東京地裁は、被取材者が期待していた番組のイメージから乖離《かいり》した内容を放送したとして、番組制作会社の賠償責任を認定した。この「期待権」とやらがまかり通れば、メディアはこれから提灯《ちようちん》記事しか書けなくなる。取材の過程で新事実を摑んでも、被取材者が望まない情報は表に出せないことになる。見方によっては、文春差し止め問題よりもはるかに強く、「表現の自由」に禍根を残す判決だ。

ところが注目されるのは文春ばかり。バランスが悪すぎる。要するにこれも、メディアと世論が両輪となって、わかりやすさに一極集中するハルウララ現象だ。

（共同通信二〇〇四年四月二日付）

視聴率格闘技戦争

スポーツ観戦全般に興味は薄いが、なぜかプロレスだけは子供の頃から夢中で見続けてきた。中学や高校時代、休み時間に前夜の巨人戦の話題でクラスメートたちが盛り上がっているとき、少数派のプロレスファンたちと教室の隅で、「昨日のマイティ井上とジプシー・ジョーのデスマッチだけどさ」などと小声で話していたことを思いだす。そんなときに野球好きな連中が投げかけてくる言葉は、いつだって決まっていた。

「プロレスなんか八百長だろ。だって新聞のスポーツ面に載らないじゃないか」

いるんだよな、こういう奴。新聞が掲載しないから劣悪だって本気で思い込んでいる。たぶん中身の薄い大人になっているだろうな。そのプロレスが格闘技戦へと少しずつスライドして、時には新聞紙面に試合結果が掲載されるようになったのはここ一年ほどだ。ならばプロレスファンとしては嬉《うれ》しいかと言えばそうでもない。屈折や開き直りなどでは決してなく、大新聞に載らないことへの矜持《きょうじ》に近い感覚が実はある。「八百長じゃないか」と簡単に吐き捨てたクラスメートには、永遠にわからない微妙な感覚だろうけれど。

さて大晦日《おおみそか》。日本テレビ系列は「イノキボンバイエ2003」、TBS系は「K－1D

ynamite!!」、そしてフジテレビは「PRIDE男祭り」と三つの格闘技戦が、紅白の裏というほぼ同じ時間帯で中継された。
業界の内部事情には詳しくないので、何がどうしてこんなことになってしまったのかはわからない。でもテレビ局の意向が、新たな鉱脈となった格闘技界に大きく働いていることは間違いない。力道山とシャープ兄弟の試合が街頭テレビで注目を集めた逸話が物語るように、日本におけるプロレスの歴史はテレビの存在を抜きにしては語れない。そしてテレビ局にとっても、視聴率が一定値をクリアするならばスポーツ中継は、手間や制作費が抑えられる理想のソフトなのだ。だからこそこの半世紀、テレビとプロレスは、蜜月《みつげつ》と離反とを互いに繰り返してきた。

二十数年前、「ワールドプロレスリング」の視聴率低迷に焦ったテレビ朝日が、タレントたちがバカ騒ぎをするスタジオ収録をメインにしたバラエティ番組「ギブアップまで待てない!」に衣替えして、大顰蹙《だいひんしゅく》を買ったことを僕は忘れない。今は衆議院議員となった馳浩がゲストでスタジオに出演したときに、プロレスをバカにしたようなタレントたちの態度に本気で腹を立てていた。その怒りと悔しさは、テレビの前のプロレスファンたちも同様だった。こうして過剰な演出が仇《あだ》となったこの番組は、確かワンクールを待たずに消滅したはずだ。

二台のテレビとビデオデッキをフル稼働して三つの格闘技戦を見比べたこの正月、僕は二十数年前と同じ思いに捉《とら》われた。三局とも実況中継の顔ぶれに色とりどりの女性タレントやコメディアンたちを配置して、とにかくショーアップに懸命だ。これが野球やサッカーならば、解説席には選手OBや評論家を呼ぶはずだ。畑の違うスポーツ選手OBや女性タレントに、格闘技というデリケートなジャンルについてのコメントなど期待できないことは子供にだってわかる。

テレビはすぐに足し算に走る。かつて業界にいた僕の実感だ。取材のVTRだけでは心細いのか、スタジオという形でタレントを仕込む。次にはトークだけでは不安になるのかクイズやゲームを加え、笑い屋と呼ばれているおばちゃんたちをスタジオに呼ぶ。編集でもテロップをてんこ盛りに載せ、モザイクは惜しげもなく使い、効果音や音楽は途切れることなく重ねてゆく。

例えば同じ電波メディアであるラジオと比較すれば、テレビとのこの差異は明白だ。映像が主であるはずのテレビのほうが、煽情《せんじょう》的な効果音や絶叫調のナレーションで、圧倒的にうるさいのだ。

もちろん加算方式が成功している番組だって確かにある。でもプロレスや格闘技戦の中継を見る人のほとんどは、タレントたちの感想や嬌声《きようせい》を聞きたくてチャンネルを合わせるわけでは決してない。マルチメディア時代を迎えて久しいのだ。巨乳タレントを見たい人にとっての選択肢は他にいくらでもある。放送時間は長くても二時間で充分。実直に中継だけをやってくれればよい。だって僕は、試合が見たいのだから。

（週刊現代二〇〇四年一月二十四日号）

オカルト追放運動

冷夏とはいえこの季節、やはり怪談話は欠かせない。いつのまにかすっかり、このジャンルの大御所となった稲川淳二。早口で滑舌も決してよくない彼の話法は、決して怪談には向いていないはずなのだが、やはり怖い。

霊魂やら祟《たた》りやらが実在するかどうか僕にはわからないが、おそらく稲川は常に本気なのだろう。目の動きや話の合間の息継ぎに、本気だからこその逡巡《しゆんじゆん》や躊躇《ちゆうちよ》が見え隠れしている。その切実さがテレビのモニター越しにも何となく伝わる。一言にすれば視聴者を舐《な》めていない。これが計算ずくなら名人芸だ。

面識はないけれど、きっと誠実な人柄なんじゃないかなと僕は想像する。芸として昇華された円朝の怪談話とベクトルはまったく逆だけれど、だからこそ彼の話はリアルなのだろう。

その稲川が昼間のバラエティ番組で、例によっての怪談話を終えた後に、「浄霊や除霊なんて無闇にやるべきじゃない。余程じゃない限りは、自然に任せておいたほうがいいんですよ」というような内容のコメントをつぶやいた。なるほど。最近のテレビは怪談話にとどまらず、霊能者だか何だかが登場して、必ずのようにこの浄霊だか除霊だかを試みる。その効果を一概に否定はしない。ヒステリー体質で悪霊に憑依《ひょうい》されたと思い込んでいる人に対しては、「霊が離れましたよと言葉で伝えるプラシーボ（偽薬）効果は確かにあるだろう。その意味では大袈裟《おおげさ》な儀式や意味不明の呪文《じゅもん》なども、演劇療法として考えれば頷《うなず》ける部分はある。

でもさ、霊が本当にいるのなら、あんな説得や呪文で納得できるのかな。今日見た番組では、袈裟懸《けさが》けに殺された武士の霊が、自分を殺した男の子孫にとりついていたらしいが、霊能者の説得であっさりと成仏した。まあ編集で大幅に縮めた可能性はあるだろうけれど、でもそれにしたって骨髄の怨《うら》みが、こんな儀式で霧散するとはとても思えない。少なくとも僕が背中から斬られた武士だったら、あんな説得で成仏なんてしない。絶対するもんか。きっと一層ムキになる。

オウムの一連の事件が明白になって世の中が騒然としていた頃、幽霊や超常現象をテーマにした番組が一斉に消えた時期がある。一部の識者たちが「こんな悪質なオカルト番組を安易に放送するから、麻原の世迷《よま》いごとをあっさりと信じるような青少年を生み出すのだ」などと力説していたし、世論もそんな風潮にあったからだ。

要するにバタフライナイフが流行するから少年が非行化するという御馴染《なじ》みの論理だ。地下鉄サリン事件以降、二年くらいはそんな状況が続いていた。その時期には稲川の顔をテレビで見かけることも、ほとんどなかったはずだ。事件が起きたときに制作の最中だった何本かのオカルト番組が、有無を言わさずお蔵入りになったことも知っている。超能力や霊現象などを扱う番組は企画しないようにとの通達を出したキー局もあった。どうせ咽《の》喉元《どもと》過ぎればだろうと思っていたら案の定だ。ことが起きれば萎縮《いしゆく》して、ほとぼりが冷める頃にはまた大ハシャギ。でもエスカレートする演劇療法は視聴者にも影響が及ぶ。これでもしまた事故や不祥事が起きれば、再び一転して自粛する。この繰り返しだ。

その意味では、一世を風靡《ふうび》した大食い番組が、真似をした視聴者の事故をきっかけにぷつりと消えてしまった構造と重複する。こうしてテレビはあらゆるジャンルを消費する。まるで焼畑農業だ。局員にとっては他の番組を作ればよいだけの話だ。でも割を食ったのは、番組制作会社やフード・ファイターなどとおだてられて木に登ってしまった連中だ。視聴率とスポンサーの意向という二重バインドにあるテレビとしては致し方ない側面もあるけれど、でもやっぱりこれでは臆面《おくめん》がなさ過ぎる。

蒸し暑い夏の夜には、稲川の怪談話を僕はしみじみと楽しみたい。これはもう花火や麦茶と同じように夏の風物詩だ。エスカレートする除霊ごっこで、また自爆しないことを心から祈る。

今日の東京スポーツの一面は、特大の心霊写真と売り出された幽霊の瓶詰めの記事。いいなあこのセンス。僕は大好きだ。

（週刊現代二〇〇三年九月六日号）

操作された視聴率

二〇〇三年十月二十四日　日本テレビの男性社員プロデューサー（四十一歳）が、視聴率調査会社「ビデオリサーチ」の調査対象世帯に現金などを渡して自分が制作した番組を視聴するように依頼していたと日テレが発表した。調査対象世帯は外部には秘密になっているが、プロデューサーは、興信所を使って割り出していた。買収費としては九百万円近い番組制作費を流用していたことが明らかにされている。

関東地区で六百世帯。ビデオリサーチが契約している世帯数を今回の騒動で初めて知り、その少なさに驚いた人は多いと思う。関東地区に限れば二万六千三百三十世帯にひとつの割合ということになる。ビデオリサーチに拠《よ》れば、独自の乱数表で無作為に選出したモニターへの謝礼は月額五万円。テレビ局や広告代理店の関係者は対象から外し、「口外しない」ことが契約の条件だとか。

スパイ映画じゃあるまいし、「口外しない」という条件がまずは無理だ。テレビ局や代理店関係者を外すといっても、モニター家族の交友関係まではチェックできないし、業界にはかつての僕のようなフリーランスも数多い。完璧《かんぺき》なチェックなど不可能だ。その意味ではそもそもが、きわめて脆弱《ぜいじゃく》で無理があるシステムだ。

そのフリーランスのテレビ・ディレクターだった頃、放送日が近づくたびにADに、「今からモニターの家を調べて買収してこい」などと言っていたことを思いだす。半分は冗談。でも残り半分は本気。ADは「あはは」と笑ってそれでお終《しま》い。その程度だった。

ありえないほどに少ない世帯数からサンプリングされていることくらいは、業界の誰もが知っている。ところが番組を受注するプロダクションにとっては、視聴率は一喜一憂どころか生殺与奪の指標に匹敵する。モニターへの交渉役に使われた元番組制作会社社長夫妻という存在が哀しい。下請けの制作会社にとって、キー局プロデューサーの意向は絶対だ。

僕がディレクターだった時代には、視聴率調査はビデオリサーチとニールセンという二つの会社が競合していた。ところが二〇〇〇年にニールセンはこの業務から撤退した。その結果、視聴率調査は電通の関連会社であるビデオリサーチの独占状態となった。テレビ局と広告主との橋渡し役となる電通は、言うまでもなく視聴率の多寡が営業成績に結び付く。李下《りか》に冠を正さず。勘ぐるなというほうが無理なはずだ。でもこの異常な状態が、テレビではずっと当たり前のこととして定着していた。矛盾だよなあとは誰もが思っていたけれど、システムを見直そうという声は上がらなかった。

テレビ屋は順応しやすい。だからこそ容疑者の顔を晒《さら》しながら、手錠や腰縄にモザイクをかけるという奇妙な習慣に疑問を持たない。増殖するばかりのテロップの理由を、耳が不自由な方のためなどと本気で言い訳する。自分が考えたことと誰かに聞いたことが、いつも摩擦なく共存する。苦笑や羞恥《しゅうち》がそこにはない。麻痺《まひ》していると言い換えてもよい。だから怖い。異常がいつのまにか普通になってしまう。

損害を受けたのはCMを出稿している企業で、一般人には視聴率操作など関係ない。インターネットにはそんな論調が氾濫《はんらん》していた。

残念ながらその視点は甘い。最近のテレビは視聴率でニュースの順位を決める。伝聞ではなく、かつて報道の現場にいた僕の実体験だ。だからこそタマちゃんやニセ有栖川宮《ありすがわのみや》などの事件が、イラク復興会議などの報道を押しのけてトップニュースになるような現象が起きる。

こうして世論はメディアを誘導し、メディアは世論を喚起する。つまり世論とメディアとは同じ現象の表裏なのだ。そのメディアが何者かによって操作されることは、世論が作為的に形成されることを意味する。日本の行く末が左右される。まあ幸いなことに、テレビメディアにそんな野望や度胸のある人は今のところいないけれど。

テレビ画面では、日本テレビの偉い人たちが悲痛な表情で頭を下げている。広告主との信頼関係が損なわれたなどと、今さら真顔で悲嘆されても白けるばかりだ。そんなものは以前からない。業界では誰もが気づいていたはずだ。

（共同通信二〇〇三年十月二十七日付）

毒にも薬にもならないバラエティ

気がつくと期首期末特番の時期が終わっていた。かつてテレビ・ディレクターだった頃、番組編成が大きく変わる年に二回のこの時期は、僕もとにかく忙しかった。海外ロケなどが主軸となるドキュメンタリーの大型企画は、予算の関係でこの特番に回されることがよくあったからだ。

でもここ数年の傾向としては、ドキュメンタリーなどの硬派路線は大きく後退して、バラエティ特番がゴールデンタイムのほとんどの時間帯を占めている。「ボウリング・フォー・コロンバイン」などのヒットを契機に、巷《ちまた》ではドキュメンタリーに熱い関心が高まりつつあるなどとよく耳にするが、いったいどこの世界の話なのだろう。少なくともテレビメディアには、まだその波は及んでいない。

仕方がない。テレビ屋は数字には何よりも敏感だし、その予測は概《おおむ》ね正確だ。ドキュメンタリーが減ってバラエティが増えるその理由は、要するに視聴率と呼ばれる日本社会のマジョリティ測定装置が、毒にも薬にもならないバラエティを硬派ドキュメンタリーよりも好むからだ。

だからテレビの低俗化などと嘆くつもりはない。売れる野菜は店頭に置かれるし、売れない野菜の仕入れは減少する。このコラムを掲載する週刊現代からもしもヌードグラビアが消えれば、おそらく部数は激減する。この市場原理には抗《あらが》えない。ドキュメンタリーというジャンルが本当の意味で復権する日など、もし現実に来るとしてもまだまだ先の話だ。

さてその期首特番バラエティにたまたまチャンネルを合わせたら、宇宙から来たと自称するラーメン屋店主が突然現れた。他にも登場するのは、霊魂たちの遊び相手になってカルタに興じる住職や、虫をUFOと断言する男など実に多種多様。タイトルは「100年後の超偉人たち㊙ランキングSP」(二〇〇三年十月六日フジテレビ系放送)と銘打っているが、要するに奇人変人列伝という趣旨なのだろう。

視点は悪くない。世の中にはいろんな人がいる。UFOを実際に作る男や不老長寿の遺伝子を研究する科学者など、それなりの説得力を持つ人も紹介されていたし、もっと詳しく知りたくなった。

気になったのは、被写体となった彼らを笑いものにしようとする意図が、露骨に透けて見えるVTRのナレーションや編集だ。加えてスタジオに集められたタレントたちの反応も、手を叩《たた》いて笑いながら茶化すだけで、喚起された疑問や好奇心はまったく深まらない。

被写体となる彼らが大真面目であるだけに哀しい。とにかく後味が悪かった。

そこでふと思う。被写体となった彼らは、この放送を観て何を思うのだろう？　洒落《しやれ》でやっている人もいるだろうが、真剣にやっている人はそうとうに傷つくはずだ。

あらゆるメディアには加害性がある。それも生半可なものじゃない。特に、番組によっては二千万人以上もの人が視聴するテレビの場合、隠されたその刃《やいば》には、場合によってはテロに匹敵するほどに強烈な加害性が内包されている。

業界では有名な伝説がある。何ということはない雑踏の映像をテレビで流したとき、たまたま不倫の関係にあった二人が画面の端に映りこんでいた。結果的に二人はその関係を世間に露呈したことになり、家族にも知られ、女性のほうは自殺したと聞いている。

傷つく要素は人によって違う。他愛無い料理番組や筆者の身辺を描いたコラムでも、不特定多数を傷つける可能性は絶対に回避できない。人を際限なく傷つける仕事なのだ。ところがメディア全般にその自覚は薄い。傷つける覚悟ができていない。だからこそ八百屋を青果業と言い換えたり、ホームレスという言葉に「の方」と意味不明な接尾語をつけてお茶を濁したり、被疑者の顔を晒《さら》しながら手錠や腰縄にモザイクをつけるという矛盾に何ら疑問を感じずに、日々の仕事を続けている。

今回のこのコラムを、その番組の被写体となって傷ついた人がもし目にしたら、僕は彼らを更に傷つけることになる。その自覚はある。この加害の輪廻《りんね》から完璧《かんぺき》に離脱することは不可能だ。加害することが宿命ならば、目を逸らさずに凝視すべきなのだ。開き直れということではない。メディアに帰属する人たち一人ひとりに、人を日々傷つけていることの自覚と覚悟がもう少しだけあれば、無闇に人を加害することはもう少し減るはずだ。

（週刊現代二〇〇三年十一月一日号）

子供に見せたくない番組

六月二十四日にTBSが放映したバラエティ番組「ロンロバ！全力投球」に、視聴者からの抗議が殺到しているらしい。

イラクで武装集団に拉致《らち》された韓国人が首を切断されて殺害されたことが報道された直後に、ギロチンで首を切られるマジックを、コント仕立てで放送したことがその原因だ。

早速ネットで検索したら、何十件もヒットしたが、出典は同じなのか、どのサイトも文章は酷似している。

「（前略）TBSは事前に番組宣伝を繰り返し、視聴者からの苦情にも対応していなかった。ロンブーが出演しているテレビ朝日の『ロンドンハーツ』は、先日、日本PTA全国協議会が発表した『子供に見せたくない番組』で一位になったばかりだ」

だから何だ？　PTAのレッテルを持ち出す意識がさもしい。三十年前、そのPTAの槍玉《やりだま》の筆頭は、ドリフターズの「8時だョ！全員集合」だった。いかりやさんが亡くなったときには、各局は競うようにこのVTRを追悼映像として流していた。草葉の蔭《かげ》でいかりやさんも、顎鬚《あごひげ》に手をやるあの仕草で苦笑しているだろう。

首切りで抗議に晒《さら》されたこの番組を僕は観ていない。だからというわけではないが今回は、番組そのものよりも、「視聴者からの苦情」をテーマにする。

抗議の内容は例によって、「不謹慎」や「遺族の心情を何と心得る」式の苦情がほとんどのようだ。不謹慎と怒る人は、テレビに何を期待しているのだろう？ 高邁《こうまい》な内容を期待するのなら、少なくともロンドンブーツの番組など観なければよい。チャンネルを替えたりスイッチを切る権利は、誰でもない、あなたにあるはずだ。

自作のドキュメンタリー映画「A」や「A2」に対して、異論を唱える人が使う論理のほとんどは、「あなたは地下鉄サリン事件の遺族の気持ちを考えたことがあるのか？」だ。「あなたは遺族なのですか？」と訊《たず》ね返せば、「そうではない」との答えが返ってくる。「ならば遺族を主語にするのではなく、あなたの感想をまずは聞きたい」と言っても答えはない。ほとんどの人は、自分の気持ちなどどうでも良いとばかりに怒り続けるか、そうでなければ、そんなこと考えたこともないというように、きょとんとしている。

前述の「8時だョ！全員集合」に、かつて小人レスラーたちが出演したことがある。当初の契約は一クールだった。なぜかテレビで試合を中継してもらえない小人レスラーたちは、新たな生活の糧をこれで見つけることができたと大喜びだったが、出演して数週間で降板を余儀なくされた。唖然《あぜん》とする彼らに、番組のスタッフはこう言ったそうだ。

「申し訳ないけれど、あんな可哀相な人たちを、なぜテレビで晒《さら》しものにするのかという抗議がすごいんです」

こうして小人たちは仕事を失った。その原因となったのは、善意に名を借りながら主語を喪失したテレビ局への抗議だ。今回のギロチンへの抗議にも、条件反射に似たこの心性が透けて見える。

韓国の遺族たちがこの番組を観る可能性はきわめて低い。遺族の心情を理由にした抗議は筋違いだ。もしもそう言えば、可能性がまったくないわけじゃないと反駁《はんばく》されるかな。ならばもう一言。

世界にはあらゆる被害者が日々生まれている。例えば日本国内だけで、交通事故による死亡者は一日二十人。もしも遺族の心情を理由にするのなら、テレビドラマで交通事故などこれからは扱えなくなるはずだ。

他者への想像力はもちろん大切だ。被害者遺族がこれまで蔑《ないがし》ろにされてきたことは事実だし、法やシステムが改善されねばならないことは当然だ。

でも他者を想像する場合の主語は、あくまでも一人称のはずだ。自分というこの一人称が消えたとき、主語のない情感はねじれた述語となって暴走する。九・一一以降のアメリカに、そしてオウムと九・一七小泉訪朝以降の日本に渦巻いているのは、この主語のない擬似の憎悪なのだ。「許せない」との述語が典型的だ。主語が「我々」や「国家」などに拡散している。だから口にしやすい。だから過激な述語となる。だからあっというまに周囲に感染する。

番組を庇《かば》うつもりはない。不謹慎は事実だし、たぶん何も考えていないのだろう。そんなことはどうでもよい。激流に抗《あらが》うときは前のめりになる。今回の僕の原稿は少しだけ挑発的かもしれない。自覚している。それだけことは切羽詰まっている。「我々」や「国家」、「国益」や「公」などの語彙《ごい》に主語を譲るとき、きっとこの国は過ちを犯す。架空の話じゃない。日本は過去に、何度も体験しているはずだ。

（週刊現代二〇〇四年七月二十四日号）

「取り返しのつかない過ち」

二〇〇三年四月二十五日　岐阜県の八幡《はちまん》、大和《やまと》両町境の林道上に白い服を着けた集団が車を並べて地元で騒ぎになる。集団は宗教団体千乃正法会（代表・千乃裕子）の電磁波研究班「パナウェーブ研究所」のメンバーであることが判明。スカラー波を避けるために着ているという白い服装から「白装束集団」「白ずくめ集団」などと呼ばれ、話題になる。

先週僕は、日本テレビの番組「ザ！情報ツウ」からパナウェーブについての取材を受けた。依頼の連絡を受けたとき、オウム報道の際には突出してイケイケだった日本テレビが、それでなくとも日頃の言動でテレビからは敬遠される僕を、なぜよりによって指名したのだろうと不思議だった。

収録の当日、スタジオで僕を待っていた番組の看板レポーターである阿部祐二は、その理由をこう説明した。

「今悩んでいます。オウム報道のときは取り返しのつかない過ちを犯してしまったという反省が僕にはあります。でも今の白装束集団報道の現場では、そんな思いを共有できる人がほとんどいない。体験や教訓を生かすことができないんです」

地下鉄サリン事件から八年が過ぎた。新陳代謝が激しいワイドショーの取材現場で、この期間に一貫して現場の記者やディレクターであり続ける人は確かに稀《まれ》だろう。体験を蓄積することができないテレビの構造への焦燥が、僕を呼んだ背景にあることはわかった。でもだとしたら、「オウム報道における取り返しのつかない過ち」とは何だろう？

「彼らのそもそもの地元である福井県五太子町《ごたいしちょう》に、このあいだ取材に行きました。住民たちにマイクを向けると、『悪さはしない集団だし、行くところがないのなら帰ってくれば良い』との返事ばかりなんです。でもテレビ的にはこれではNGなんですよね」

その後はお決まりの手法。問題は本当にないのかと執拗《しつよう》に食い下がり、まあ強いて言えばこんなことがあったなあと住民が口にしたコメントの後半だけを使う。抑揚が足りない場合は、ナレーションや煽情《せんじよう》的な効果音で強調する。こうして不気味な集団に怯《おび》える地元住民たちという構図が一丁上がりだ。

「二度目に福井に行ったとき、住民たちの雰囲気が微妙に変わっていることに気づきました。メディアに対して辟易《へきえき》していると同時に、取材されることによって不安が煽《あお》られたかのような印象を受けました。その言葉尻《じり》だけをオンエアでは使って、白装束集団に対しての怒りのように編集して放送する。要するに、オウム報道の繰り返しです」

こうして誇大に伝えられた住民たちの不安や焦燥は、視聴者や読者の嫌悪や危機意識を煽りながら視聴率や部数の増大となって反映され、メディアは更にエスカレートする。この連鎖の帰結として構築されるのは、壮大な「憎悪の楼閣」だ。しかしその中枢には何もない。空っぽなのだ。行き場を失った憎悪は、やがては自らを侵食し始める。

その空っぽな例をもうひとつ挙げる。タマちゃんだ。河川に迷い込んだこのアザラシを区民として住民登録すると横浜市西区役所は公表した。それだけではない。扇千景国土交通相や大木浩環境相が閣議後の記者会見でタマちゃんの保護について言及し、神奈川県や横浜市に国土交通省や環境省も加わっての合同会議が何度も行われた。近隣のデパートでは写真展が開催され、バッジやパンフレットが作られてホームページも開設された。横浜治水事務所は川のパトロールを開始し、「タマちゃん」は昨年度の流行語大賞に選ばれ、複数の写真集も好調な売れ行きだ。

アゴヒゲアザラシが河川に迷い込んできたことなど、前例は実のところ幾らでもある。しかしこれほどの大騒ぎは、もちろんこれまで一度もない。昨年の夏にも、愛知県の漁港にアゴヒゲアザラシが棲《す》みついている。タマちゃん騒動が始まりだした頃とほぼ同じ時期だ。でもこちらはまったく話題にならなかった。騒がないことが不思議なのではなく、騒ぐことが不自然なのだ。だってそもそも日本各地の水族館で、彼らを見ることなど簡単にできるのだから。

要するにタマちゃんには、騒がれる特異性など本来なら欠片《かけら》もない。空っぽなのだ。しかし結果として市民は昂揚《こうよう》し、行政は媚《こび》を売りメディアは狂奔した。その意味では、千乃正法とタマちゃんとの接点である「タマちゃんのことを想う会」の存在は象徴的だ。

過剰な善意に包囲されたタマちゃんがボートの上でごろりと反転すれば、十年以上も活動を続けながら何の騒ぎにもならなかった団体が突然危険視され過剰な敵意に包囲されるこの構造が現れる。どちらも僕らにとっては、毒にも薬にもならない存在だ。彼らは共に空っぽで、たまたまそこに「いた」だけなのだ。その意味では彼らは、自らは変質しないままに周囲を劇的に変える触媒なのだろう。

暴走する牛の群れに明確な理由などない。このスタンピードに同調するうちに、自分が走っているのか歩いているのかさえ判然としなくなる。もちろん方角もわからない。「どこに行くの?」と訊《たず》ねても誰一人答えられない。

凝視すべきはタマちゃんや白装束集団などではなく、彼らの存在によって剝《む》きだしにされる市民社会の衝動であり、これに従属しながら狂奔するメディアや行政なのだ。白い車のキャラバン隊が通過する自治体の職員は、「彼らを取り締まれるように法を整備してもらわなくては」と発言した。自治体だけではない。オウムを引き合いにしながら「不気味な存在を許容してはならない。早く取り締まるべきだ」と一席ぶったテレビキャスター。微罪逮捕を提案した評論家。オウムとの近似点をここぞとばかりに強調したジャーナリスト。そのすべてが、自分たちの言動の危うさにまったく気づいていない。

個人情報保護法や有事関連法、住民基本台帳法などが内包する最大の問題は、その決定権を無条件にお上に与えてしまったことだ。「初期のオウムに似ている」などと軽率極まりない発言を公式に洩《も》らす警察庁長官を持ったことは、この国の大きな不幸だろう（まあこの場合は、逆に確信犯として意図的に煽っているという見方もできるけれど）。

もちろんパナウェーブが、今後危険な集団へと変質する可能性を全否定はできない。彼らが抱く過剰な被害妄想と論理の短絡は、今回の騒ぎで一層亢進《こうしん》されたはずだし、抑圧された信仰がより過激な思想へと転化することは珍しいことじゃない。

でも視点を変えれば、仮想敵を想定して内部変質する信仰のこのメカニズムは、僕らの今の社会も同様だ。もしも将来への予見だけでことを起こすのなら、それこそイラクに侵攻したアメリカと何ひとつ変わらない。

収録は小一時間で終わった。「どうすれば良いのか僕にもわからないんです」と吐息をつく阿部祐二に、「わからなくて良いのだと思う」と僕は答えていた。

テレビはずっと、曖昧《あいまい》さを排除しなければならないという強迫観念に捉《とら》われてきた。あらゆる現象を被害者と加害者、白と黒、正義と悪などの単純な構図に収斂《しゅうれん》させ、パッケージされた商品として消費者に提供することばかりに情熱を注いできた。

大切なことは事象の曖昧さや報道する側の煩悶《はんもん》を伝えることだ。その後ろめたさを失わない限り、メディアはかろうじて一線を保つことができる。映像ならばインサートのワンカット、活字ならば文末の述語の微妙な差異に、その葛藤《かっとう》や煩悶はきっと表れる。

資本主義経済においては、視聴率や購買部数が最大の指標になることは当然だ。商業主義を批判しても仕方がない。大切なことは、その商業主義とジャーナリズムとの狭間《はざま》で、主体的に葛藤を持続することだ。摩擦し続けることなのだ。

放送当日、現状の彼らに反社会性などないとの僕のコメントのすぐ後に、土本武司元最高検検事のインタビューが放送された。白装束集団の反社会性を見抜けなかった警察の怠慢がこの騒動の原因と語る土本の趣旨は、三段論法を逆算するまでもなく、彼らの危険性を無担保の前提にしていることは明白だった。マスメディアお得意の両論併記だ。そう来たかとテレビの前の僕は嘆息する。まあこれがテレビとしては精一杯なのだろう。

しかし、土本のコメントの後もＶＴＲは終わらなかった。阿部の向けるマイクに答える福井県五太子町の住民たちが、最後にこう断言した。

「（彼らは）悪いことはしないし人を傷つけたことなどない。別に何の害もないし安心していた」

番組は葛藤を放棄しなかった。絶望や諦念《ていねん》を抱くにはまだ早い。テレビにはまだまだ復元力は残されている。

……ここまで書き終えてテレビのスイッチを入れた五月十四日朝、警視庁と県警によるパナウェーブに対しての強制捜査が始まっていた。

（週刊現代二〇〇三年五月三十一日号）

「長谷川敏彦君は、僕の弟を殺害した男です」

読み終えて吐息が洩《も》れた。大事な本だ。そして凄《すさ》まじい本だ。プロローグの一行目。そこにはこう記されている。

長谷川敏彦君は、僕の弟を殺害した男です。

著者である原田正治は、ちょうど二十年前に実弟を殺された。動機は保険金目当て。殺した長谷川は、彼の弟以外にも二人の殺人に関わっていた。一審の判決は相場どおり死刑。肉親を殺されたことで原田の生活は荒れ、できることなら自分の手で敵を討ちたいと思うほどに、加害者である長谷川への憎悪で身を焦がす。しかしその憎しみは、長谷川との手紙のやりとりや接見を通して少しずつ変わってゆく。赦《ゆる》すわけではない。しかし報復として彼を国家に殺させたとしても、自分は癒《いや》されないし何ひとつ得ることができないのだと原田は気づきはじめる。加害者にも家族はいた。マスコミの誤報がもとで姉は自ら命を絶ち、幼かった子供も成人してから自殺する。憎悪は連鎖するばかりで誰も救わない。こうして被害者遺族である原田は、死刑廃止運動に取り組み始める。

こんなエピソードが綴《つづ》られている。駅前で死刑廃止運動のビラを撒《ま》く原田たちに、通行人が「被害者の遺族の気持ちを考えろ」と声を荒らげる。「私はその被害者の遺族です」そう答える原田に、通行人は気まずそうに走り去る。

死刑を当然のこととして容認する司法や社会が志向することは、被害者や遺族への救済などではない。加害者への憎悪なのだ。皮肉なことに先進国で死刑を存置するのはアメリカと日本だけ。いわば加害者への憎悪を基盤とする日米同盟だ。

この本は、最高裁で死刑が確定した死刑囚は、親族以外とは面会できないし手紙すら交換できないというシステムの矛盾をも露呈する。死刑囚と被害者遺族が互いに面会を切望しているのに、死刑囚の意識を取り乱させないためという理由で、拘置所は面会を許可しない。その背景にあるのは、官僚的な事なかれ主義と思考停止によるシステムへの従属だ。

死刑存置派が主張するように死刑に犯罪の抑止効果があるのなら、執行はもちろん、すべてを非公開にする現行のシステムは、明らかに論理矛盾なのだ。アメリカ以外の欧米先進国では死刑は完全に廃止された。しかし犯罪が増えたというデータはない。

オウム以降、この国の死刑制度存置派は急速に増えた。殺したのだから殺されるのは当たり前とするあまりに素朴で稚拙な理由付けは措《お》くとしても、被害者遺族の報復感情の実現を理由にする人は、その遺族が執行停止を必死に訴えるケースでも刑は行われるという現実を知るべきだろう。冤罪《えんざい》だって少なくない。殺した場合には絶対に取り返しがつかないのだ。

執行の際には、複数のボタンを複数の刑務官が同時に押す。要するに人を殺したという罪の意識を軽減させるためだ。それほどに後ろめたいのなら、何もこんな無理をしないで、この制度をもう一度考えるべきだ。悪い奴は殺してしまえとする因果応報が当たり前ならば、僕らは今のアメリカを容認することになる。

加害者である長谷川の名前に「君」という尊称をつける原田は、「呼び捨てにしてすむ程度の気持ちを抱く人を羨《うらや》ましく思う」と書いている。この箇所を読んで、そういえば松本サリン事件で当初は加害者として報じられた河野義行も、麻原被告に対して「麻原さん」と呼ぶことを僕は思いだした。もう一度書くよ。「呼び捨てにしてすむ程度の気持ち」。つまりは今の社会が抱く加害者への憎悪だ。

悪を叩《たた》くことは確かに気持ちがよい。でも被害者遺族は、敵を討ったからといって救われない。なぜなら当事者にとっては、とてつもない苦痛が伴う憎悪なのだ。報復で溜飲《りゅういん》を下げることができる非当事者たちの憎悪は、中世ヨーロッパで、魔女と名指しされた人の処刑を物見遊山よろしく見物に来た人たちと共鳴する。つまりは「その程度の憎悪」が、今の日本社会を覆っている。

二〇〇一年十二月、長谷川敏彦死刑囚の刑は執行された。判子を押した森山眞弓法相は、死刑廃止を主張する議員に「執行に立ち会うべきではないか」と問われ、「日本には、死んでお詫《わ》びをするという文化がある」と答えたと言う。この程度の素養と見識が人を殺す。他人事《ひとごと》ではない。これを傍観する僕らも、この制度にまさしく加担しているのだ。

原田正治著『弟を殺した彼と、僕』（ポプラ社）書評

（PLAYBOY二〇〇四年九月号）

二十一世紀の
メディアを
生きる人々

戦場のフォトグラファー

「ハゲワシと少女」という有名な写真がある。内戦と飢餓に苦しむスーダンで、飢えのため地面に倒れこんだ少女と、彼女を襲おうとするハゲワシを撮ったこの写真は、一九九四年度のピュリッツァ賞を受賞した。しかしその直後、写真を撮る前に少女の命を救うべきではないかとの世界的な論争に発展し、カメラマンであるケビン・カーターは自殺した。

このエピソードを僕は時おり思いだす。報道が持つジレンマを最も端的に体現していると同時に、映像の本質についても重要な提言が隠されているからだ。

ベトナム戦争当時、戦場の様子を伝えるのは、従軍記者やジャーナリストが紡ぐ文章とスチール写真がほとんどだった。でもだからこそ、逃げまどうベトナム農民の姿や銃を構える黒人米兵の横顔などの一瞬の映像に、社会はその背後にある戦場という凄惨《せいさん》な現実への想像力を喚起され、彼らの苦悶《くもん》や虚無を共有することができた。映像技術が当時とは比べものにならないくらいに進化した現在、僕らはお茶の間にいながらテレビサイズの戦場を擬似体験することができるようになった。ところがそこには、喚起されるべき悲惨さや寂寥《せきりよう》など欠片《かけら》もない。撮る側にも目的意識が欠落しているし、観る側も情報を受容するだけだ。こうして戦争という人類最悪の営みは、際限なく情報パッケージ化されてゆく輪廻《りんね》に陥った。

ロバート・キャパの魂を受け継ぐ報道写真家として著名なジェームズ・ナクトウェイを被写体としたこのドキュメンタリーは、作品としてはオーソドックスすぎて致命的に弱い。しかしその欠陥をあっさりと凌駕《りょうが》するだけの命題を僕に与えてくれた。自らを反戦写真家として規定するナクトウェイは、自分の写真は戦争をなくすための特効薬だと語る。そこには中立性や客観性などへの小ざかしい信仰は微塵《みじん》もない。本編中には、家族を空爆で失って泣き叫ぶ女たちを、非情なまでの至近距離で撮影するナクトウェイの姿が映し出される。その執拗《しつよう》な姿は、ハゲワシが狙う少女に対し、救助よりもまずは撮影を優先したカーターの姿でもある。しかし同時に、友人の証言により、群衆に殺されかけた男を救うために、カメラを放り出しながら敢《あ》えて状況に加担するナクトウェイのエピソードも紹介される。まさしくこの瞬間、少女を救わなかった自分を責めて自ら命を絶ったカーターの葛藤《かっとう》が、ナクトウェイが抱える二律背反にぴったりと重複する。

冒頭に挙げたジレンマに正解など実はない。撮影者は常に引き裂かれ、煩悶し、陶酔と悔恨を繰り返す。もしも少しでも正解に近づこうと思うのなら、その自らの姿をも赤裸々に露出することにしか手段はないのだろう。映像の進化が質の低下に必ずしもリンクするわけではない。モティベーションを高く掲げ続ける勇気を持続すれば、戦場の報道は必ず、今のこの悪循環に代わる新たな局面を呈示する。

クリスチャン・フレイ監督「戦場のフォトグラファー」
二〇〇一年　スイス　メディア・スーツ配給
（PLAYBOY二〇〇三年十二月号）

精神科救急研修医

「精神分裂症」が「統合失調症」と公式な名称を変えてからどのくらい経つのだろう？　おそらくそれほどの時間は経過していないはずだ。「精神病質」という名称も、いつのまにか「人格障害」と言い習わすことが普通になった。そもそも「精神障害」という呼称だって、一昔前は単純に「精神病」と言っていたはずだ。

呼称の言い換えはメディアが表現の主体としての自覚を失ったときによく起きる現象だが、精神障害をとりまくこの状況は、それだけが要因ではないはずだ。用語の定義づけという基礎の枠組み自体が、それほどに大きく揺れ動いているということなのだろう。

精神科救急の代名詞的存在となった「千葉県精神科医療センター」の記録である本著に登場する研修医、間宮康一は、実は著者である野村進が作り上げた架空の人物だ。ノンフィクションなのになぜ、主人公は架空の人物なのか？　その理由は本著を読めば明らかになる。様々な患者の症状、最先端の精神医学が解析する病理と症状、通電療法やロボトミーの現状、司法と医療との乖離《かいり》、等など、医療センターを視点にしたからこそ精神障害とその環境を巡るあらゆる問題点がくっきりと浮かび上がる。でも間宮の言葉を借りた野村のつぶやきは一貫している。

彼らは彼岸の人ではない。

僕にも記憶がある。テレビ・ディレクターだった時代、複数の精神障害者や精神科救急の現場を取材したことがある。危険な現場にはある程度の免疫があるつもりだったが、このときの僕は情けないくらいに緊張していた。精神障害者たちに対しての恐怖に近い感覚は間違いなくあった。でも実際に彼らに出会い、話すことで、いわゆる「イッチャッタ」人たちという認識を僕は大きく変える。なぜなら怯《おび》えていたのはむしろ、彼らの側だったからだ。症状や病名は様々だったが、この社会や対人関係に疲れきり、過剰に怯え、それだからこそぎこちなく、時には攻撃的になっていた。

「先生がわしの父親やったら、あんな犯罪は起こさずに済んだかもしれん」

控訴を自ら取り下げて死刑が確定した宅間守は、主任弁護人との接見の際にそうつぶやいた。弁護人から直接聞いた言葉だが、公式に発表したにも拘《かかわ》らず、これを報じたメディアはほとんどなかったようだ。死刑制度が存続する日本において、犯した罪の大きさを考慮すれば彼が死刑判決を受けることは当然だろう。でも異質なところばかりを論《あげつら》っても、僕らは排除と憎悪の構造から永久に離脱できない。彼らは怪物でもなければ不治の業病に侵された人たちでもない。宅間にしても初期の段階で適切な治療さえ受けていたら、あんな惨劇は起こさなかったはずだ。

大きなターニングポイントを迎える精神科救急。その現場に、毎夜切なく哀しい人の営みが生まれている。

野村進著『救急精神病棟』（講談社）書評

（PLAYBOY二〇〇四年一月号）

のりにのる吉田司

吉田司がノッテいる。こうなるともう、この人には手がつけられない。

「でも新・新宗教なんて、ややこしくて舌を嚙《か》みそうだから、『新宗教』と一言で呼び捨てにする。文中、新宗教と新・新宗教の二つの呼び名が混り合って出てきても、両者はほとんど同義だから、そのつもりで読み進んでもらいたい」（本文二六五頁）

確かに。僕もずっとこの呼称に違和感を持っていた（ならばせめて自分の本では、「どちらかに統一しろよ」と吉田に言いたくなるが、そんな微調整など、この人の視界には最初から入ってないのだろう）。戦後の混乱期に新宗教のブームがあった。飢えや貧困、病や死への不安を背景に、創価学会や生長の家、世界救世教や立正佼成会《こうせいかい》、PL教団などが急成長した。そして石油ショック後の一九七〇年代中盤からオウムが地下鉄サリン事件を起こす一九九〇年代半ばまで、終末思想を特徴とする小さな擬似家族的教団が多数出現した。例を挙げれば真如苑《しんにょえん》や真光教団、阿含宗《あごん》や統一教会、エホバの証人や幸福の科学など。

この二つの時制には明らかに断絶があり、その意味では前者が新宗教なら後者は新・新宗教ということになる。戦後宗教を体系的に記述するほとんどの著作には、この呼称が当然の前提として置かれている。しかし吉田はその差異には本質的な乖離《かいり》などなく、何よりも「新・新」などという接頭語が煩わしくインチキ臭いから（当人はそうは書いていない。僕が勝手にそう読み取った）、新宗教という括《くく》りで充分とあっさりと切り捨てる。

つくづく思う。この人のこの筆の力は何に由来するのだろう。分析力や洞察力など、「力」という言葉には様々な形容が可能だが、吉田司の文章を「力」に置き換えれば、僕にとっては「腕力」という言葉がいちばんぴったりくる。かといって強引でマッチョな論理展開と形容する気はない。強いて言えば、狡猾《こうかつ》な力の配分を知らないまま、大人になったガキ大将の趣だ。だから周囲が約束事として無自覚に納得してしまっていることが、少年吉田にとっては不思議でたまらない。

活字の前に飛び込んだドキュメンタリー映画の世界で水俣《みなまた》に触れ、その聖域のような扱いに首を捻《ひね》る。沖縄に行けば、「ひめゆり」の物語が気になり、聖人君子のように称《たた》えられる宮沢賢治の陰の部分にどうしても心惹《ひ》かれ、自らはパソコンどころか携帯電話すら持たないのにシリコン・バレーを漫遊し、返す刀でひばりと裕次郎を袈裟《けさ》懸《が》けにする。そんな変遷を歩んできた吉田が、今のこの時代に宗教に視点を合わせないはずはない。

「国土が植民地化されたり、民族滅亡の危機が迫る時には、宗教は政治と合体して、しばしば神族ナショナリズムとでも呼ぶべきものに転化する。（中略）いま世界にみなぎっているのは、そうした宗教伝統に揺り戻して、政治の行きづまりを宗教が肩代わりしようとする意欲の現われなのだ。ざっくり言っちゃえば、宗教が著しく政治主義化しているのだ」（はじめに）

みんながオートマティックに納得している今のこの風景が、吉田にはとにかく不思議なのだろう。訳知り顔の大人なら「言うだけ野暮」で沈黙する前提に、どうしても歯を立てずにはいられない。既成の権威やバランスがどうしても信用できない。露悪的でもないし奇を衒《てら》っているわけでもない。

ただとにかく純粋なのだ。

終盤のオウムについての記述は、僕にとっては頷《うなず》ける箇所もあるし首を捻りたくなる箇所もある。オウム以降の日本社会に現出する国家ナショナリズムが、まさにオウムに投影されていたとする視点については、なるほどと思いながらもその歯切れのよさが逆に不安になる。まあオウムについては、ある意味で僕は当事者と二重写しになってしまったことがその理由だろう。いずれにせよ、大きな乖離ではない。

高校時代、学生服を着て詩吟などを唸《うな》りながら、下駄履きで廊下を歩いていた上級生の幻影を、僕は吉田に見る。応援団と柔道部に所属して見るからにバンカラだが、実はさほど怖くはない。なぜなら放課後に誰もいなくなった教室で、こっそりとハイネかリルケなどの詩集を読みながら涙を拭《ふ》いていた吉田を、僕は見かけたことがあるからだ。そんな吉田の豪腕と繊細さが、絶え間なく見え隠れしている一冊だ。

吉田司著『新宗教の精神構造』（角川書店）書評

（本の旅人二〇〇三年十月号）

コロンバインでボウリング！

この半年というもの、「マイケル・ムーアの『ボウリング・フォー・コロンバイン』は観たか？」と僕は何人に訊《たず》ねられただろう。たぶん十人や二十人じゃきかない。観ていないと答えるそのたびに、気まずそうな相手の表情に気づき、「なかなか機会がなくて」とあわてて補足する。実際に他意などない。混雑は嫌いだし原稿の執筆も重なったからだ。

日本国内だけで観客動員の総計は三十八万人、おまけに同時期に出した著作もベストセラー。なるほど。同じようにドキュメンタリーを撮りながら本を書く僕としては、確かに少しばかり複雑な思いはある。でも劇場に足は運ばなかったけれど、期待は膨らんでいた。面白いドキュメンタリーは本当に理屈抜きに面白い。このままずっとエンド・クレジットなど見たくないと思うほどに時を忘れる。きっとそんな内容なのだろうと思っていた。何よりもこのレビューで、もしも僕がこの作品を貶《けな》したら、マイナーなドキュメンタリー作家の妬《ねた》みまるだしだと読者は笑うだろう。そんなわかりやすい嫉妬《しっと》だけはしたくない。絶賛したい。やられましたと感服したい。そう思いながら、届いたばかりのビデオをデッキに入れた。

で結論。何これ？　つまらないとは言わない。アメリカ人が銃を手放せない理由を、かつて黒人や先住民族を加虐したことに由来する恐怖感で説明したことには、全面的に同意する。でも作品としては凡庸だ。展開は強引すぎるし、話題になったアニメの使いかたも、オリバー・ストーンの「ナチュラル・ボーン・キラーズ」のほうがずっと秀逸だ。速いカットバックや映像のインサートで畳み込むこの編集は、アメリカのドキュメンタリーによくあるスタイルで際立つことじゃない。何よりもラストにおけるテーマの矮小化《わいしょうか》には唖然《あぜん》とした。要するに銃を持たない正義が、銃を持つ悪を声高に断罪するだけなのだ。ならば善悪二元論が倒置しているだけだ。作為的に矮小化したのかと思いたくなるけれど、どう考えてもその必然性はない。

どうしてこの作品がこれほどにヒットしたのだろう？　考えた。そうか。三十八万人という規格外の数字にその秘密があった。そのほとんどがドキュメンタリー映画を初めて観る人たちなのだ。ドキュメンタリーなど教条的で白黒フィルムで眠気を誘う退屈な代物だと思い込んでいる人たちだからこそ、初めて観るドキュメンタリーの豊饒《ほうじょう》な世界と、そのイメージの落差に驚いた。そう考えれば納得できる。

その意味ではドキュメンタリーの水準としては普通でも、この作品の意義と価値は確かに高い。ありきたりのドラマよりはずっとエキサイティングだし思考を迫られる。三十八万人がドキュメンタリーというジャンルに関心を持ってくれるのなら、僕はこの作品を歴史に残る名作として、皮肉ではなく心から絶賛する。

マイケル・ムーア監督「ボウリング・フォー・コロンバイン」
二〇〇二年　カナダ　ギャガ・コミュニケーションズ配給
（Ｉｎｖｉｔａｔｉｏｎ二〇〇三年十月号）

今上天皇の内なる葛藤《かっとう》

「次の被写体は誰ですか？」

自作のドキュメンタリー映画「A」や「A2」の上映会の後や取材を受けるたび、ほとんどと言って良いほど最後に訊ねられる質問だ。これに対しここ数年、僕は「今上天皇です」と答えていた。

ジョークと思われるのか、ほとんどの場合は笑われる。でも僕は真剣だ。

今上天皇については昔から気になっていた。数年前、知り合いの雑誌記者に、「今の天皇陛下が『君が代』を歌わないことをどう思うか？」といきなり訊ねられた。

「歌わないの？」

「みたいだよ。テレビ局勤務の友人にライブラリーで確認してもらったら、確かに式典などで周囲が国歌斉唱しているときに、天皇は歌っていなかったそうだよ」

もし仮にこれが事実だとしても、「君が代」は天皇家を称《たた》える歌なのだから、本人が歌わないことは当然なのだとする考えかたもできる。でも僕の記憶では、昭和天皇は歌っていたはずだ。

念を押すけれど、今回のこのコラムは、国歌斉唱の際に起立しなかった教師たちを大量処分した都教育委員会を批判する趣旨じゃない。本音としては、「強制は絶対にしない」との条件付で国旗国歌法を成立させておいて、よくもこうぬけぬけと手のひらを返せるものだと呆《あき》れてはいるけれど。

僕は単純に、「君が代」を歌わない今上天皇に強い意志を感じることを書きたいのだ。深読みと言われればそれまでだけど、表層的な右傾化が進む今のこの時勢に、自分が天皇に即位したことへの葛藤を、現在の天皇から強く感じるからだ。

戦争責任やアジアへの侵略行為について、今上天皇はしばしば、踏み込んだニュアンスで発言する。その表情や物腰に、そんな雰囲気が仄《ほの》かに滲《にじ》む瞬間がある。

二〇〇一年の天皇誕生日直前に、ワールドカップ日韓共催について触れながら天皇は、「桓武《かんむ》天皇の生母が百済《くだら》の武寧王《ぶねいおう》の子孫であると『続日本紀』に記されていることに、韓国とのゆかりを感じています」と記者会見で公式に発言した。天皇陵が一般公開されない理由などをめぐって、メディアだけではなく一般の人たちも声を潜めてタブーらしいよと囁《ささや》き合っていた天皇家と朝鮮半島との関係について、天皇自らがあっさりとカミングアウトしたわけだ。しかし当時のメディアは相変わらず及び腰だった。翌日の朝日新聞の見出しは「天皇陛下きょう六十八歳　W杯で韓国との交流に期待」。読売は「天皇陛下、きょ

う六十八歳　愛子さま誕生『家族で成長見守りたい』」。毎日は「天皇陛下きょう六十八歳　愛子さま誕生『うれしく思う』」。産経は「天皇陛下六十八歳に　愛子さま、健やかな様子安堵《あんど》」。

何だこれ。ニューズウィークや東亜日報など外国のメディアは、ほとんどが大きく「韓国とのゆかり」発言を伝えたのに、朝日以外は全部孫娘の話題で逃げたし、朝日だって見方によればいちばん狡猾《こうかつ》だ。翌朝の新聞紙面を手に、天皇が洩《も》らす溜息《ためいき》が聞こえてきそうだ。

右傾化する世相への反発が言動に滲《にじ》むから撮りたいというわけではないし、天皇の戦争責任を明らかにしたいなどと考えているわけでもない。そんな直接話法はドキュメンタリーに馴染《なじ》まない。理由はただひとつ、内面的な矛盾や葛藤が過剰であればあるほど、被写体としての魅力は増大するからだ。

昨年六月十一日、天皇夫妻が突然新潟を訪れた。二泊三日の滞在だったが、帰京の日には柏崎《かしわざき》市役所を訪れ、拉致《らち》被害者である蓮池夫妻と初めて面会した。テレビニュースでも盛んに流されたから記憶する人は多いと思う。その数日後に「A」の上映会で新潟を訪れた僕は、新潟日報の記者に取材を受けた。インタビューが終わってからの雑談で彼は、「天皇が何のために新潟に来たのか、その理由がよくわからないんです。ウチも含めてメディアは皆、地方事情視察のためと書いています。よくわからない目的ですよね。それも急なんです。こんなことは初めてです」と首を捻《ひね》った。

確かに地方事情視察とはとってつけたような理由だ。障害者福祉施設や博物館も視察したようだが、いずれにせよ突発的に決めることではない。何をしに来たのだろう？　と首を捻りたくなるのも無理はない。

ところがこの時期の新潟を俯瞰《ふかん》すれば、ひとつのヒントが見えてくる。天皇夫妻が訪問する二日前の九日、万景峰号《マンギョンボン》が入港する予定だったが、これまでで最大規模の反対集会が行われ、北朝鮮政府は遂に入港を中止する。「救う会新潟」の小島晴則会長は同日に、今後は継続的な入港禁止に追い込みたいとメディアに語っている。天皇夫妻が帰京した二日後には横浜で安倍官房副長官が、北朝鮮を暴力団に喩《たと》えながら更なる圧力の必要性を講演で訴えた。つまりこの時期は、北朝鮮を仮想敵と想定して体制崩壊を目的とする人たちにとっては、まさにヤマ場だった。

この時期に天皇が拉致問題に触れることは、彼らにとって、これ以上ないほどの励ましになる。いや彼らだけでなく、蓮池夫妻を励ます天皇夫妻の映像をテレビで眺めながら、日本中の視聴者は、やはり拉致は許せないし強硬策は当たり前だとの思いを強くしただろう。

ところがこの数日後、もうひとつのニュースが一瞬だけ世間の話題となった。天皇夫妻が白昼の皇居の周囲を歩き出したというニュースだ。何か変な文章だな。でも事実だ。通行人らと会話した後に、あわてて駆けつけたSPと共に夫妻は皇居に戻ったということだが、ニュースを伝えるアナウンサーも困惑しているかのような口調だった。それはそうだ。こんなことは初めてだ。

僕の友人はたまたまこの時、皇居の周囲にいて、舗道をひとりで歩く天皇を目撃している。にこにこと穏やかそうな表情だったというが、その胸中を想像すると僕は切なくなる。政治には関わりを持たないことを規定されながら、結局は政治的に利用される自分の立場に、新潟から帰ってきてからの彼は、内心で強く葛藤していたのじゃないだろうか。記者会見で話したところでメディアは萎縮《いしゅく》して報じない。だからこそ彼は、ひとりで一般道を歩くという行為に駆り立てられたのではないだろうか。

もちろんその胸中は僕にも推し量れない。妄想だと言われればそれまでだ。でもそんな想像をしていたからこそ、今回の皇太子の宮内庁批判は、僕にとってはリアリティがあった。

皇室タブーは減少していると言う人がいる。冗談じゃない。現在の皇后はかつて「美智子さん」と呼ばれていた。ミッチーブームなんてフレーズもあった。アーヤにサーヤ。今上天皇の弟、常陸宮は、その容貌《ようぼう》から「火星ちゃん」と呼ばれていた（本人もこれを気に入っていたらしく、学習院の同窓会「櫻星会」は、この愛称が由来となっている）。そんな時代が確かにあった。ところが今は、一人残らず「様」づけだ。

こうして不可視のタブーが進むことで、天皇家はまさしく窮状に追い詰められている。だからこそ必死にサインを送っている。これで本当によいのかと確認を促している。

だから民族派の方々よ。メディアをこれ以上萎縮させないほうがよい。あなたがたが直接的な抗議や暴力行為に及ぶから、メディアは皇室報道に対してはまったく機能しない。メディアという監視機関が機能しないのなら、行政は腐敗することは当然だ。こうして宮内庁は伏魔殿となる。役人たちの麻痺《まひ》や勘違いは少しずつ増大する。

もちろん、大前提として皇室には触れないとするメディアはだらしない。非の半分以上はメディアにある。でもあなたがたの咎《とが》も大きい。まるで密閉された温室のような空間に押し込められることで、いちばん辛《つら》い思いを味わっているのは、皇室の方々なのかもしれないのだ。

この原稿を書いたのは、今年の五月十日。つまり皇太子による宮内庁批判の記者会見の直後だ。その時点では、いくつか掲載する媒体を想定していたのだけど、結局は未発表の原稿となってしまった。蛇足だけど今上天皇を被写体とするドキュメンタリーの話は、実は今、具体化しつつある。

（没原稿）

「曖《あい》昧《まい》」な旧友、黒沢清

「まあしかし……、内容もよくわからないのにこんなこと言うのも何だけど、森がまた映画をやるということは嬉《うれ》しいよ。……うん。それは本当にそう思う」

四年前、テレビ・ディレクターだった僕が初めての映画作品「A」を撮っているとき、たまたま電話で話した黒沢清は、最後にもごもご、いつもの少し不明瞭《ふめいりよう》な調子でそう言った。テレビから追われ孤立無援だった当時の僕にとって、彼が一瞬吐露したこの微妙な距離感や曖昧な優しさと残酷さは、まさしく二十代前半に一緒に自主制作映画を撮っていた頃そのままで、受話器を置いてから妙に励まされたような気分になったことを思いだす。

その黒沢清の映画作品「アカルイミライ」のメイキング・ドキュメント「曖昧な未来、黒沢清」において、「過去はどんどん捨てて、どんどん変化していきたい」と黒沢清は言っているけど、実は本質的な変化など幻想でしかないことを彼は熟知しているのだろう。「アカルイミライ」を観ながら、彼だけでなく僕自身も、そしておそらくはこの世界全体も、実は何ひとつ変わっていないことをつくづく実感したし、変化していないからこそ、

「捨てていった過去を見せられるのは辛い」と黒沢はつぶやくのだろう。

変化や進歩が当たり前とする常識や思い込みに対しての抗《あらが》いは、明晰《めいせき》すぎるものへの不安感や警戒心にも通底する。条件反射のような断言や自信たっぷりの確信に触れるたびに、頷《うなず》くことへの躊躇《ためら》いや曖昧な羞恥《しゅうち》をどうしても払拭《ふっしょく》できないのは僕も同様だ。だからこそ、今のこの二極化する世相に対しての違和感を表明せざるを得ない。同時にこの曖昧さや後ろめたさというニュアンスを作品化する際に、身も蓋《ふた》もないほどに明晰な「映像」という述語を使わざるを得ないパラドックスを、黒沢は常に身中に抱えている。以前から、そしてたぶん今後も、彼のこの格闘は続くのだろう。

森山大道という素材を、シャープでスタイリッシュに作品化した藤井謙二郎と黒沢清とのタッグは、その意味で観る前の僕にとっては、実のところ「?」だった。しかし観終えて納得した。なるほど藤井の鋭利な切り口が、黒沢の多重構造で分厚いエッジを見事に浮かびあがらせていた。

「どっちでもいいと言ったときは本当にどっちでもいいんだよ」

……これほどに雄々しい映画監督の言葉はちょっとない。

二人が共有する「フィクションとノンフィクションに境界など実は存在しない」という文脈を、観客席で僕も噛《か》み締めた。そういえば二十数年前、学園祭の模擬店で蛸焼《たこや》き屋をやったとき、予想を上回る大繁盛で材料が途中で足りなくなって、最後には蛸抜きの蛸焼きを黒沢が黙々と焼いていたことを思いだす。その儲《もう》けで僕らは新しいプロジェクターを買った。

あらゆる営為はフィクションなのだ。表現ももちろんそのひとつでしかない。ドキュメンタリーの辺境に位置するひとりとして、「曖昧な未来、黒沢清」における藤井のこの宣言は、これ以上ないほどに頼もしい。だって何に対しても確信できない曖昧な僕らが、唯一断言できることかもしれないのだから。

（「曖昧な未来、黒沢清」パンフレットより）

太宰治とドキュメンタリー

　ドキュメンタリーがブームだそうだ。もちろんこのきっかけのひとつは、先ごろカンヌでパルムドールを受賞した映画監督の存在だ。そのおこぼれで、僕にも時おりインタビューなどの依頼が来る。

「やはり、事実が伝える圧倒的な訴求力がポイントなのでしょうか？」

　インタビュアーが口にしたこの質問をすぐには咀嚼《そしゃく》できず、僕は二回聞き返した。ああなるほど。要するにドキュメンタリーは事実だから説得力があると言いたいのか。困ったな。ならばちゃんと答えなくては。

「事実じゃありません」

「はい？」

「嘘です。フィクションです」

「……森さんの作品が、ですか？」

「僕の作品だけじゃなくて、ドキュメンタリーはすべてフィクションです」

　インタビュアーは困ったように黙り込んだ。余計なことを言ったのかもしれない。少しだけ後悔する。黙って頷いていれば良かった。でも重要なことなんだ。

カメラが介在する段階で現実は変容する。要するに誰だってカメラの前では演技する。その変容した現実を、今度はフレームという恣意《しい》的な視点で切りとる。この段階で既に、本来の事実は大きく加工されている。その加工品に編集という取捨選択を重ね、インサート(カットの挿入)という手法で時系列を偽装し、場合によっては音楽やナレーションでニュアンスを強調する。つまり(僕の定義だけど)、現実の断片的な素材を材料に、あくまでも主観的に再構成された世界観の呈示がドキュメンタリーなのだ。事実を材料に紡がれたフィクションと言い換えてもよい。

僕は今、とても当たり前のことを書いている。表現はすべて主観なのだ。客観的なベートーヴェンの交響曲や中立なシャガールの絵を想定して欲しい。誰に感動を与えることができるのだろう。もちろん活字も同様だ。ノンフィクションなどありえない。もしも存在するのなら、それは作品ではなく情報だ。表現行為は徹頭徹尾フィクションなのだ。

納得しきれないように首を捻《ひね》りながら帰るインタビュアーの後ろ姿を見送りながら、僕は太宰治のことを考えていた。彼が執筆の傍ら抱き続けた苛立《いらだ》ちに似た感覚を、一瞬だけ共有できたような気がしたのだ。

とにかく太宰が好きだった。ベッドの枕元には太宰の文庫本がいつも数冊置かれていた。特に繰り返し読んだのは、戦後から入水自殺するまでの数年間に書かれた数々の短編。「ヴィヨンの妻」や「桜桃」、「父」や「家庭の幸福」、そして「親友交歓」。

これらの短編の多くは、太宰本人を彷彿《ほうふつ》とさせる無頼の作家の一人称によって語られる。「ヴィヨンの妻」は、彼の妻（らしき女性）の一人称によって物語は綴《つづ》られ、その夫である太宰らしき人物も、（妻である彼女からの視点で）徹底した小心者として自虐的に語られる。「桜桃」における「私」は、「子供よりも親が大事」とつぶやきながら、家族のなけなしの生活費を懐に酒場で高価な桜桃を食べ続ける。有名なフレーズ「家庭の幸福は諸悪の本」が末尾を飾る「家庭の幸福」は、語り手である「私」の日常と「私」が夢想するフィクションの二重構造になっており、もう一人の登場人物の名前は津島修治（太宰の本名）だ。「親友交歓」では、傍若無人の幼馴染《おさななじ》みを適当にあしらう「私」は、最後に心中の彼への侮蔑《ぶべつ》を見抜かれたかのように、その友人から「威張るな！」と耳元で「烈しく」囁《ささや》かれる。

私小説は日本の近代文学を語る上で重要なジャンルだ。しかし太宰は私小説作家ではない。相対化した自分自身を虚実織り交ぜながら狂言回しに使うこの手法は、ドキュメンタリーの分野ではセルフ・ドキュメントと呼称され、決して珍しいやりかたではない。マイケル・ムーアもそうだし、実は僕も、この手法はよく使う。

もちろん純然たるフィクションではない。しかしノンフィクションとも違う。強いて言えばその狭間《はざま》だ。台本がありながらドキュメンタリーの表層を装うフェイク・ドキュメンタリーも数多い。「カンダハール」で一世を風靡《ふうび》したモフセン・マフマルバフやアッバス・キアロスタミ、イスラエルのアヴィ・モグラビはその代表格だ。ここまでくると、何が事実で何が虚構なのかはもうわからない。役者に状況だけを与えてアドリブの台詞《せりふ》でドラマを構築するのは、是枝裕和や諏訪敦彦というドキュメンタリー出身の監督たちだ。これらの作品に対して、虚実の狭間を一つひとつ区分けしたり計測しても意味がない。観客としては、作家の伝える世界観を感知できたのならそれで良い。

太宰は生涯を通して煩悶《はんもん》し続けた。徹底して自己を茶化し、時には開き直り、次の瞬間には自己への嫌悪に苛《さいな》まれ、いじいじと葛藤《かっとう》を続け、時にはデモーニッシュに人を描写し、過剰な自己愛をもてあまし、強すぎる倫理観のゆえに無頼派を演じ続けた。まさしくセルフ・ドキュメントだ。久しぶりに読み返そうと思う。かつて耽読《たんどく》していた時期からはいつのまにか二十年が過ぎたけれど、その後にドキュメンタリーとノンフィクションを生業にした僕にとって、太宰はきっと、以前以上に重要な示唆を与えてくれるはずだから。

（オール讀物二〇〇四年七月号）

哀しきプロレスラー

いつからプロレスを見始めたのだろう。確かな記憶はないけれど、子供の頃に読んでいた少年サンデーかマガジンの連載記事で、「海坊主」と綽名《あだな》されていたスカル・マーフィについて読んだ記憶は残っている。幼い頃に猩紅熱《しようこうねつ》という病気で生死の境をさまよったマーフィは、病気は完治したが後遺症で全身の毛が抜け落ちてしまい、これを理由に自分を怪物として差別した社会への、恨みと怒りをリングで晴らし続けているといった内容だった。今にして思えば相当に短絡的だ。リングで恨みを晴らすとの意味も、よく考えればわからない。でも当時の僕は納得した。マーフィの無法ファイトと怪異な容貌《ようぼう》は、それほどのリアリティと説得力、そして何よりも、ガキにも何となく感知できる悲哀があったのだ。

中学高校時代はとにかくプロレス一筋。長嶋茂雄が現役引退した昭和四十九年も、国際プロレスのワールドチャンピオンシリーズでバーン・ガニアやレイ・スティーブンスなどAWAの強豪たちが初来日したことのほうが、僕にとってはビッグニュースだった。どうやらストーリーがあるらしいと気づき始めたのもこの頃だ。クラスのアンチプロレス派からはよく「八百長じゃないか」と揶揄《やゆ》されて、「仮に八百長だとしても、おまえに馬場の足の裏に顔から激突する勇気があるか」と言い返したことを覚えている。少しだけやけくそ。でも必死でもあった。

大学に入った頃、両国国技館に新日本プロレスを見に行った。タイガー・ジェット・シンと上田馬之助が全盛期の頃だった。僕の隣で酒を飲みながら観戦していた中年親父が、花道を入場してくる上田の背中に、いきなり「国賊！」と叫びながら椅子で殴りかかった。椅子のパイプの部分が左の肩にガスンと当たり、「痛ェ」と声を上げながら上田が振り向いた。すべては一瞬だった。振り向いた拍子に上田の左肘《ひだりひじ》が背後にいた親父の顔面に突き刺さり、親父は一メートルほど飛ばされて悶絶《もんぜつ》した。

予期せぬ惨劇は、僕のすぐ目の前であっというまに終わっていた。椅子で殴られた左肩をポリポリと掻《か》きながら、参ったなあという表情で床に横たわる親父の血まみれの顔を覗《のぞ》きこむ上田の佇《たたず》まいに、「やっぱりプロレスラーはすごいんだ」と僕は全身に鳥肌を浮かべていた。

セメントとかギミックとかアングルなどのプロレス界の隠語は、この頃はある程度は知っていたと思う。でも同時に、そんな重層的な構造が隠されているからこそ、プロレスはこれほどに刺激的で面白いとも気づきはじめていた。UWFから新日に出戻った高田延彦が越中詩郎と名勝負数え歌を繰り広げていた頃、起き上がりこぼしキックで真赤になった越中の胸板をテレビで観ながら、感動で泣きそうになったことがある。痛いなら起きなければよいのに、越中は歯を食いしばって何度も起きる。そして髙田もきっと、そんな越中に心中詫《わ》びながら、それでも力いっぱい蹴《け》る。文句あるか。この虚実の皮膜がプロレスだ。

時は移り、いつのまにか僕はかつてのようにはプロレスに熱狂できなくなっていた。放送時間が不規則な深夜に押し込められて視聴習慣をなかなか確定できないこともあったし、団体の離合集散を背景にシュートや総合格闘技が全盛を極め始めたこともその理由だろう。確かに総合格闘技は刺激が強い。でも僕にとっては一過性だ。余韻がない。切なさがない。

たまたま加入したCSでアメリカン・プロレスのメジャー団体WWEを観たのは一年前。嵌《はま》った。見事に嵌った。観始めてすぐ、ブッシュはイラクに侵攻した。そしてその頃に、WWEのリングには星条旗を逆さに掲げながら入場して、客席に向かい如何《いか》にアメリカが横暴で理不尽なのかを、必死に訴えるレスラーのグループがいた。もちろん彼らは徹底してヒールだ。卑劣な反則の限りを尽くして、最後はハルク・ホーガンやアンダーテイカーという（愛国主義的）ベビーフェイスに、完膚なきまでに叩《たた》きのめされることが毎回のストーリーだ。

その上では茶番だ。でも茶番とはいえ、あの時期にアメリカ国内で、これだけの正論をアピールしていたテレビ番組はおそらく他にない。俗を徹底すれば反対側に突き抜ける。

虚実の狭間《はざま》がたてまえや綺麗事《きれいごと》を粉砕する。片足の障害者レスラーが悪役レスラーたちからリンチに遭い、団体のオーナーであるマクマホン・ジュニアがリング上で実の娘を殴り倒し、女子レスラー同士のレズビアンやネクロフィリアまで登場するWWEは、今も徹底してアナーキーだ。まるでソープオペラのように低俗でアンモラルな幾つものストーリーに身を委《ゆだ》ねながら、レスラーたちは皆、プロフェッショナルであることに、喩《たと》えようもないほど強い矜持《きょうじ》を持っている。

言い換えれば、矜持を持たないことには持続できないジャンルなのだ。ヒールもベビーフェイスも皆、この薄い皮膜を必死で守り続けている。だからこんなに哀しい。記録や強さだけじゃない。弱さや屈折も垣間《かいま》見させてくれる。その余韻に、僕は毎回しみじみと浸っている。

K－1で、アレクセイ・イグナショフがスティーブ・ウィリアムスを秒殺KOした。悔しかった。負けたことがじゃない。ウィリアムスの本領はあれからなのに、試合をストップしたレフェリングに対してだ。スポーツとして危険すぎる？　冗談じゃない。頼むからそんなバカなこと言わないでくれ。プロレスはスポーツじゃない。だからこそ凄《すご》いのだ。

（PLAYBOY二〇〇四年六月号）

サンボが姿を消した理由《わけ》

「ぐるぐると樹の周囲を回る虎たちは、溶けてバターになりました」

子供の頃に『ちびくろサンボ』を読んだ人のほとんどは、そのバターで焼いた虎縞模様のホットケーキを、食べてみたいと思ったはずだ。僕も思った。サンボが親子三人で食卓を囲む最後の頁の挿絵を目にするたびに、母親にホットケーキをねだっていたような記憶がある。おそらく幼稚園を卒業する頃だろう。

この時期に繰り返し読んでいた物語は他に、『アリババと四十人の盗賊』や『ブレーメンの音楽隊』など。『瓜子《うりこ》姫《ひめ》』や『ぶんぶく茶釜《ちゃがま》』、『お菓子の家』も印象に残っているし、『イソップ』や『マザーグース』も繰り返し読んでいた。

教訓や格言めいたことを大人は子供に与えたがるが、夢中になって読んだ当時の物語に、そんな要素を感じ取った記憶は実のところほとんどない。縞《しま》模様のホットケーキやお菓子の家を、一度でいいから食べてみたいと思っただけだ。

寓意《ぐうい》とは本来、そんなものなのだろう。水に映る自分に吼《ほ》えて咥《くわ》えていた骨を落としてしまった犬の話を読んで、なるほど欲張りは身を滅ぼすのかと思った記憶は僕にはない。

バカな犬だなあと思いながら同時に、世界は広く多種多様なのだと、子供心に何となく感知した。

『ちびくろサンボ』を読んだときは、食欲を刺激されながら、遠い異国のジャングルで仲良く暮らすサンボ一家の日々を僕は想った。きっとそれだけで、寓話としては充分なのだ。

スコットランドの主婦が自分の子供のために創作したこの物語は、僕が夢中になって読み耽《ふけ》った二十年後に、物語とは別の次元で論争の焦点となってしまう。

黒人への差別的表現が含まれているという批判をきっかけに、一九八八年前後から各出版社が一斉に絶版に踏みきり、『ちびくろサンボ』は書店から姿を消した。更にその十一年後、復刻する出版社が現れて、関連書籍も次々に出版され、表現の自由を巡っての激しい議論が今も続いている。

この問題に踏み込むには今回は紙幅が足りない。でもひとつだけ言えるとしたら、表現の「自由」と「自粛」とは、実は対立概念ではないということだ。だからこの議論はいつも横に滑る。すべてのケースに当てはまる普遍的な公式など最初からない。人を傷つけないに越したことはないけれど、でも表現はそもそも加害性を孕《はら》む。その自覚の上で、ケースごとに考え、一つひとつに対応するしかないというのが僕の結論だ。

昔読んだ絵本はさすがにもうないが、なぜか我家には、規制を受ける直前の『ちびくろサンボ』が一冊ある。いつどこで誰が買ってきたのかはもうわからない。今年小学生となった長男は、その擦りきれた絵本がお気に入りで、今も読むたびに、妻にホットケーキをねだっている。

（産経新聞二〇〇三年五月十日付）

代官山青春譜

つい先日、代官山に行った。駅を降りてから道に迷い、十五分ばかり約束の時間に遅刻した。二十年ほど前、この地に僕は暮らしていた。それなのに道に迷った。そもそも生来の方向音痴であることに加え、駅から降りた景観がまったく変わっていたからだ。

住んでいた当時から、代官山は高級な印象を与える街だった。住所を聞かれて代官山と答えると、大抵の場合は目を丸くされた。よくそんな所に住めるなあと驚きを露骨に口にされたこともある。なぜならこの頃、僕は新劇の劇団研究生という身分で、アルバイトで生計をたてていた。要するに今で言うフリーターだ。公演のたびにアルバイトを休まなくてはならないから、生活はぎりぎりだ。いやたぶん、ぎりぎり以下だっただろう。そんな身分の僕が、なぜ代官山などに住めたのか？

代官山の駅から駒沢通りを挟んで反対側、車などは入れそうもない狭い小路を抜けると、一昔前の洋館のような、奇妙な雰囲気の建造物が三棟ほど、路《みち》の片側に現れる。古い煉瓦《れんが》の門があり、「東光園アパート」と札が下げられていた。昭和初期に建てられたアパートだという。

二万円以上の家賃は払えない僕に、不動産屋が「これしかないよ」と紹介した物件だった。共同炊事場。もちろん風呂《ふろ》などない。ドアノブは触るたびにポロリと落ちる。鍵《かぎ》の意味がない。廊下の壁にはいつもヤモリが張りついていた。間取りは四畳半と六畳。なぜか頑丈な二段ベッドが、奥の四畳半に備え付けられていた。戦前は何かの寄宿舎だったとの噂を聞いたが定かじゃない。廊下や壁にはステンドグラス。隣室には一人暮らしの老婆がいた。毎朝早く、か細い勤行《ごんぎょう》の声が壁越しに聞こえてきた。階下には得体の知れない男が住んでいた。彼の郵便受けにはいつも、世界救国革命評議会とか東アジア反戦血盟団とか、とにかくよくわからない組織からの郵便物が溜《た》まっていた。要するに活動家なのだろうけど、一度も顔を見たことはない。

この部屋に僕は三年ほど住んだ。二十七歳で荻窪に引っ越してからは、二度と訪れることはないまま、二十年近くが経過した。

昨年十二月、このアパートが火事で焼けたことを知った。新聞記事によれば、同潤会アパートと並び称される歴史的建造物で、近年はアート系の学生やショップがアトリエやテナントとして入居することが多くなり、以前から暮らしていた老人たちとの摩擦が絶えなかったという。出火の原因はわからない。映画「リング」のロケに使われたということを、この記事で初めて知った。そういえば呪いのビデオに現れる貞子の部屋は、特徴のある丸い窓などに何となく見覚えがあった。あれはきっと僕の部屋だ。

新しいものが生まれ古いものは消える。これに抗《あらが》うことはできないし、そもそも抗う意味もあまりない。世の摂理だ。でも時おりあの頃を思いだす。僕が住んでいた棟が焼失したかどうかはわからない。ちょっとだけ回り道をすれば確認できるのに、結局その夜も生ビールですっかり酔っ払ってしまい、僕は代官山を後にした。

（東京人二〇〇四年一月号）

ベトナム・ラスト・エンペラー

ベトナムに行ったのは二〇〇二年の春。戦後まもなく、日本で死んだというベトナムの王族の取材のためだ。第二次世界大戦が終わるまで、ベトナムは長くフランスの植民地だった。アジアの癌と形容されるほどに、苛烈《かれつ》で容赦のない植民政策だ。取材対象である王族はフランスへのレジスタンス活動の援助を請うために、日露戦争で勝利したばかりの日本を訪れて、それから二度と故国に戻れなかった。

王宮の遺跡が世界遺産に指定された古都フエを訪ねた。王族の故郷だからだ。取材の合間に訪れた国立大学の日本語学科のクラスで、なりゆきで講師の真似事をさせられることになった。学生の数は五十人あまり。どうして日本語を学びたいのか？　との僕の質問に、不思議そうに彼らは「だって日本はアジアのリーダーなのだから、その国の言語を学ぶことは当然です」と声を揃えた。ベトナムの王族は日本を頼り、日本に利用され、日本に裏切られ、半世紀近く故郷に帰れないままに孤独な生活を続け、最後には荻窪の貸家で客死した。この一世紀、日本はこうして、ずっとアジアの期待を裏切り続けてきた。でも学生たちは皆、「優しくて勤勉で学ぶべき国です」と日本への憧《あこが》れを口にする。

僕より少し上の世代にとってこの国は、ベトナム戦争の記憶を抜きには語れない。アメリカが介入したことで泥沼化した戦争だ。圧倒的な軍事力の前に簡単に打ち負かされると予想されたベトナムは、枯葉剤やナパーム弾などの大量破壊兵器を駆使する米軍を、徹底したゲリラ戦で遂に撤退させた。

冷戦構造は終わったはずなのに、人の営みはどうやらあまり変わらない。ゲリラやレジスタンスという言葉が、より悪であることを強調するテロに変わっただけだ。半世紀前にアジアを裏切った日本は、今度は中東で同じことを繰り返すのだろうか。

学生たちと話した翌朝、僕はホテル前の往来の露店で、フランスパンのサンドイッチを食べた。ニョクマムで味付けされた具がたっぷりと入ったこのサンドイッチは、フランス植民地時代の置き土産だ。今ではすっかり庶民の味になっている。美味《おい》しかった。食べながらもう一度、妃《きさき》と二人の子供に会えないままに死んでいった王族のことを思いだした。

（第三文明二〇〇四年三月号）

「職業欄はエスパー」？

一泊二日で長崎に行った。長崎新聞社労組が主催するシンポジウムに出席するためだ。翌日をどう過ごそうかと考えていたら、打ち上げの席で記者たちに、『あんでるせん』はどうですか？」と勧められた。

四年前に超能力者のドキュメンタリーを作ったとき、長崎にすごい超能力者が経営する喫茶店があるという噂は何度か聞いた。彼らが口にしたのは、まさしくその店だった。

「カレーライスが宙を飛んできました」

「初めて行ったのに、いきなり名前を当てられました」

半分以上の記者が行ったことがあるらしく、そんな話を幾つも聞いた。宴席に運ばれてくる酒瓶は既にビールから焼酎《しょうちゅう》に変わっていたことを差し引いても、そうとうにエキサイティングな体験はできそうだと僕は考えた。

翌日、ガイド役を申し出てくれた長崎新聞社の石田謙二さんの車で、「あんでるせん」へと向かった。ショータイムは一日二回。客の数は二十人くらい。コーヒーを飲みながら一時間ほど待たされて、やっとカウンターに現れたマスターは、いきなり爪楊枝《つまようじ》を空中に浮揚させ、ビンの中にいれた螺子《ねじ》を、手を使わずにくるくると締める。客から提供してもらった五百円玉を手のひらで扁平《へんぺい》に押しつぶし、次には小さく押し縮める。もう店内は騒然だ。父親の名前や生年月日を言い当てられた客は、ショーが始まる前は僕らの横のテーブルにいた。一時間ほど連れと喋《しゃべ》っていたけれど、聞くともなく聞いていたその会話の内容から、彼がサクラとは考えづらい。後半はスプーン曲げの妙技のオンパレード。一瞬にして曲げ、伸ばし、更には握りしめたスプーンを、手の中でフォークに変えてしまう。

一万円札は宙を飛び、百円ライターは彼の指先でくるくると捻《ねじ》られて、最後に客をポラロイドで撮れば、その客がイメージしていたというトランプのカードが顔の横に浮かぶ。壁にはこの店を訪れたらしい数々の有名人たちの写真が飾られている。毒舌で知られる評論家もいれば財界の大物もいる。

一時間半のショータイムはこうして終わる。マスターはこれを一日二回、店の休業日以外は毎日こなしている。

帰りの車の中で、ハンドルを握る石田さんは寡黙だった。どう思います？　そう訊《たず》ねれば、複雑な表情で微笑んだ。

超能力が実在するかどうか、僕には断言できない。でも「あんでるせん」のマスターが披露した妙技のほとんどについては、自信を持ってあれはマジックだと断言する。マジックについて僕は素人だ。でも断言できる。理由は単純だ。鮮やかすぎるのだ。種明かしはできない。見当もつかない。でもとにかく、この手際のよさだけは絶対に違う。これだけは譲れない。

四年前に撮ったテレビ・ドキュメンタリー「職業欄はエスパー」で被写体になった清田益章は、一本のスプーンを折るために平均で五分くらいは時間をかける。途中で諦《あきら》めることもたまにある。その手際の悪さに僕はリアリティを感じる。心は自由にコントロールできない。超能力がもし実在すると仮定するのなら、ミスやスランプが生じないほうがおかしいのだ。

帰京してから僕は、ドキュメンタリーのもうひとりの被写体で、超能力業界のフィクサーと呼称される秋山眞人に電話した。

「先日、長崎の『あんでるせん』に行ったんです」

「ああ、そうなんですか。いろいろご覧になりましたね」

「見ました。あれは本物ですか」

「うーん、あははは」

電話の目的としては、秋山のこの笑い声が聞けただけで充分だった。この後に幾つかのトリックのヒントを秋山は教えてくれた。でも約束なのでここには書けない。超能力における トリックや心霊番組などのやらせを、僕の前で秋山はいつも躊躇《ちゅうちょ》なく指弾する。メディアにデビューした超能力者は、カメラの前で失敗できないというプレッシャーからトリックにすがることがある。その多くは、結局はトリックがばれてイカサマ超能力者と呼称される。確かに倫理やモラルを引き合いにすれば、彼らは制裁を受けても仕方がないことをした。でも、トリックを使ったからといって、彼が純度百パーセントのイカサマ超能力者とは断言できない。超能力者としてデビューする前のユリ・ゲラーがマジシャンだったことは有名な話だ。実際にテレビなどのパフォーマンスでは、時おり奇妙な手付きをする。だからといって、彼がニセモノとの決めつけはできない。臆病《おくびょう》な兵士もいれば動物嫌いの獣医もいる。絵具の匂いが苦手な画家もいれば、聾唖《ろうあ》の作曲家もいた。人は皆、黒か白かの二極ではなく、グレイの濃淡に漂っている。トリックが発覚したからイカサマだという思考法は、葛藤や煩悶《はんもん》から解放されるから、確かに楽だ。でも僕はどうしても馴染《なじ》めない。

もうひとりの被写体である堤裕司も含めて、三人の被写体たちは僕のカメラの前でよく失敗した。そのたびに彼らは、首を傾げながらもう一度やり直す。もちろん彼らがよくミスをするからといって、超能力が実在することの証明にはならない。必要条件ではあっても十分条件ではない。あくまでも僕の主観が感応するリアリティだ。

真実に虚が混じり、虚に真実が挟まれる。握りしめると指の間からするりと逃げる。この胡散《うさん》臭さが、超能力の真骨頂だ。でも少なくとも僕は、「あんでるせん」にはもう行かない。

（スカイパーフェクTV！ガイド二〇〇四年四月号）

『下山事件《シモヤマ・ケース》』出版後の波紋

梅雨の中休みにしては、真夏のような暑さだった。銀座の裏通り、小さなバーや居酒屋が密集する路地の奥にある店の前で、僕は十分ほど佇《たたず》んでいたと思う。今年九十八歳になるこの店の女将《おかみ》は、店の奥の座敷で床に就いていることは確認している。サンダル履きの初老の男性が、通りすがりに陽気な声をかけてきた。

「店ならもうやってないよ。それとも、つる江さんに用事かい?」

「はい。でも少し頭のほうがはっきりしなくなっているという噂があるようですね」

「受け答えはしっかりしているよ。でも確かに高齢だからなあ」

「由緒ある店なんですよね」

「ああ、そりゃもうすごいよ。佐藤栄作や竹下登もよく来ていたよ」

初老の男性はそう言ってから、煙草を口の端に咥《くわ》える。路地を一本挟んだ居酒屋の店主だと言う。

「気長に通えばいいよ。たまに店の外にでているから」

煙草に火をつけた初老の店主は、深々と煙を吐き出した。仮に六十歳前後とすれば、事件が起きた頃の彼は、まだいたいけな幼児のはずだ。

昭和二十四年七月五日午前九時四十分、初代国鉄総裁下山定則は、三越本店で失踪《しっそう》し、翌六日未明、常磐線《じょうばんせん》の線路上で無残な轢死体《れきしたい》となって発見された。東大医学部による司法解剖の結果は死後轢断。つまり列車に轢《ひ》かれる前に既に下山は死んでいた。しかし警視庁捜査一課は、現場の聞き込みやこの数日間の下山の挙動、慶応大医学部の主張する「生体轢断」説などから自殺と断定し、他殺を主張する二課と激しく対立した。朝日、読売は他殺、毎日は自殺説をとり、世論も二分された大事件だ。

この余韻がさめやらない七月十五日、東京の三鷹《みたか》駅で無人の電車が暴走し、六名の死者を出した三鷹事件が起き、更にその一ヵ月後には、東北本線松川駅付近で上り列車が転覆して三名が死亡する松川事件が続く。国鉄を舞台にしたこの二つの事件では、それぞれ共産党員や国鉄労組左派グループが大量に検挙された。

下山事件捜査本部は、公式には結論を出さないまま年末には解散するが、GHQの指示で大量の国鉄労組員解雇に踏みきった下山を逆恨みした左派グループによる謀殺との見方は、世相に深く刻印された。

長い年月を経て最終的に、三鷹、松川両事件の被告は、裁判闘争中に獄死した一人を除いてすべて冤罪《えんざい》だったことが証明されるが、下山謀殺を含めてこれらの事件に共産党が加担したとの噂が蔓延《はびこ》ることで、この年の総選挙で三十五議席をとって勢いに乗りかけていた共産党は、大きな打撃を受けていた。

冷戦は既に始まっていた。ソ連や中国の支援を受けた北朝鮮とアメリカの支援を受けた韓国とが戦う朝鮮戦争が勃発《ぼっぱつ》したのは翌一九五〇年。米軍の補給基地として機能した日本は、この戦争特需をきっかけに経済を立て直し、日米安保も締結され、高度経済成長が始まった。

要するに下山事件は、経済大国として発展した日本の原点に位置している。日本の繁栄があり、僕がいて、あなたがいて、その地続きに下山事件がある。だからこそ日本の戦後史を考える上で、きわめて重要な事件なのだ。

十年前、「自分の祖父は下山事件の実行犯の一人だった」と語る男に出会ったことで、昭和史最大のミステリーと呼称されるこの事件の謎解きに僕は巻き込まれた。元共同通信社の斎藤茂男、TBS「報道特集」、週刊朝日編集部などの協力を得ながら取材を続け、事件の概要をある程度は解明したつもりでいる。

結論から書けば、占領軍謀略組織の介在はほぼ間違いない。しかしそれだけじゃない。様々な民間右翼組織やその背後にうごめく政治家や政商たち、労組内の反組合分子に当時の国鉄幹部たちが、結果としてこの事件に加担した。

特に下山とは鉄道省（国鉄の前身）時代から深い付き合いがあった佐藤栄作と加賀山之雄副総裁については、取材の過程で思いもよらない発見が相次ぎ、事件そのものへの関与は不明だが、事後処理などに加担した可能性はきわめて高いと確信している。

この二月末、僕はこの十年間の取材の経緯を『下山事件《シモヤマ・ケース》』（新潮社）として一冊の本にまとめ、出版後に読者から幾つかの情報が寄せられた。足立区柳原在住の清水貞夫は、昭和二十四年の七月六日午前四時前後、納豆売りの準備のために現場付近を通りかかり、四人の男たちとすれ違ったという。

「男の一人は荒川の土手下に下りていて、他の三人はその様子をじっと眺めていました。全員鳥打帽を被《かぶ》っていたような記憶があります。酒が入っているような気配もないし、とにかく異様な光景でした。その地点から徒歩で数分の現場で下山総裁が轢死したことを後に知って、男たちと事件との関わりを直感しました」

五日の深夜から六日未明にかけて、現場付近で複数の男たちを見かけたとの証言は他にも幾つかある。場所と時間を考えると、刑事たちがうろついていたとは考えづらい。仮に他殺だとすれば、死体運びという任務を終えた男たちを、少年だった清水が偶然に目撃した可能性はきわめて高い。

他にも、当時の民主化同盟（国鉄労組内に結成された組合潰《つぶ》しのための反共組織＝民同）に所属していたと名乗る人物が、

「あなたの本を読んだが、自分の知っている範囲で事実とすべてが符合する。民同が事件に加担していたことはまちがいない」

と電話をくれたこともあった。

初老の店主は煙草を吸い終えたようだ。陽射しは相変わらず容赦ない。

「下山総裁もこの店に来ていたようですね」

試しに聞いた質問だが、店主は大きく頷《うなず》いた。

「初代の国鉄総裁だろう？　よく来ていたらしいよ。とにかく国鉄関係者はいつもいたね。磯崎さん（磯崎叡《さとし》・後の国鉄総裁）とか佐藤栄作（鉄道省出身で事件当時は国会議員）とか」

そう言ってから店主は短く息を継ぐ。

「下山さんが死ぬ前の日に、この店に来ていたという話を聞いたことがあるよ」

「そうらしいですね」

と僕は頷く。

出版後に寄せられた情報の中でも、女優である松島トモ子が、この二月に上梓《じょうし》した『ホームレスさんこんにちは』（めるくまーる）に登場する銀座の料亭の女将、井上つる江をめぐる話は、突出して奇妙だった。

事件前日の下山がこの店で時間を過ごしたとの記述が、同書には記載されている。井上つる江が松島トモ子に語ったその内容を以下に引用する。

「下山さん、お店に来ていらしてて、ご機嫌よくお酒を召しましてね。翌日、知人のご葬儀に一緒に行くことになっていて〝明日迎えに行くよ〟。そのお言葉が最後になってしまいましてね。その格子戸から出て行かれました。遺体安置所でお姿は見ましたが、見分けがつかなくて、あれは本当に下山さんだったんでしょうかね……」

事件前数日間の下山の動きは、捜査記録も残されているし、松本清張や矢田喜美雄など数々のジャーナリストたちが克明に調べあげている。だが、井上つる江の証言を検証した記述はひとつもない。

アメリカ独立記念日でもある七月四日、国鉄の第一次整理者が発表された。この日の下山は第二次発表の根回しのため、首相官邸や人事院、警視庁や法務庁舎、国鉄公安局などを飛び回っていたが、十七時四十五分に日本橋の白木屋百貨店付近で、専用車から降りてまた戻るまでのほぼ一時間の間、どこで何をしていたかは、事件から五十五年がたつ今日まで「不明」のままだ。もしも彼女の語ったことが事実なら、日本橋で車を降りた下山は銀座まで歩き、割烹《かっぽう》「井上」の座敷でつる江と時間を過ごしてから、再び車に戻ったことになる。

路地に通い続けて数日後、店の前に現れたつる江に、僕はやっと話を聞くことができた。以下にその内容を要約する。

「下山さんは殺されたんですよ。絶対に自殺なんかする人じゃありませんから。下山さんが来たのは、確か土曜日のお昼でしたかしら。お食事はしていません。用向きは、外務省の長岡ガイシさんのお葬式が明日あるから、一緒に行こうと伝えに来たのです」

口調は澱《よど》みないが、時制に多少の混乱があるようだ。仮に下山の来訪が土曜日だとしたら、四日ではなく二日となる。この日の下山の足取りは、『謀殺　下山事件』（新風舎文庫）を書いた矢田喜美雄が専用車運転手に確認したところでは、「I」という関西料理屋に立ち寄ったことになっている。その意味では符合する。しかし下山はこの夜、「Iに二十三時までいて、待たせていた客と長話をしていた」と運転手は証言しており、つる江の話とはかなりの誤差がある。

「長岡ガイシ」なる人物は下山の周辺では発見できなかったが、「外務省の長岡」に該当する人物の死亡告知が、まさしく七月二日付の新聞に掲載されていた。
「長岡春一。元駐仏大使、国際司法裁判所判事。（中略）告別式は六日午後一時から青山斎場で」

下山の轢死体《れきしたい》が発見されたのは六日未明。つまり「葬儀の前日に来た」とつる江が語るこの時系列と長岡なる人物の特定が仮に正しいとすれば、下山が店に来たのは、二日でも四日でもなく、三越で失踪《しっそう》した五日の昼ということになる。

三越で拉致《らち》されたはずの下山が、その日に馴染《なじ》みの割烹に現れていたとの情報は、表層的には自殺説を補強する要素となる。しかし、自殺を決意して失踪した人が、知人の葬儀に行くことをわざわざ約束するとは思えない。いずれにせよ、つる江の記憶はかなり曖昧《あいまい》だ。葬儀ではなく通夜だった可能性もある。

こうしてまた混迷する。今までもそうだった。不思議な事件だ。細部を調べれば調べるほど、まるで騙《だま》し絵の世界に紛れ込んだかのように、遠近の感覚が狂い始め、虚実の狭間《はざま》が溢《あふ》れだす。

下山事件が日本に与えた影響は途轍《とてつ》もなく大きい。決して過去形ではなく、それは今も続いている。この事件の延長線上に日米関係があり、現在の日本の繁栄がある。

この十年間の取材で、下山が謀殺されたことは間違いないと僕は結論づけた。数々の物証がそれを示している。ただし他殺ではあっても、私欲や怨恨《えんこん》、野心や悪意だけが事件の動機ではない。様々な人たちの善意や使命感が、事件の背景に複雑に駆動していたことも確信している。

だからこそ下山事件の輪郭は曖昧だ。人の心の深淵《しんえん》が現れることを意識下に感知して、真相に近づいた人は皆、一様に寡黙になる。

つる江の証言は決定打にはならなかった。不可解さを深めただけという見方もできる。でもこの程度で落胆していたら、この事件については絶対に前に進めない。

元最高裁判事であり、事件の直後に発足した下山事件研究会に参加した団藤重光（九十歳）が、つい数日前に、こんな話を教えてくれた。

「事件を調べていた検事から、下山さんは『禁断の木の実を食べた』と聞いたことがあります。その意味はわかりません。彼も死ぬまで明かさなかったし、私もその真意を敢《あ》えては聞きませんでしたから」

こうしてまた一つ、パズルのピースが増えた。「禁断の木の実」が意味することについて、何となく思い当たることはあるけれど焦る必要はない。一つひとつのピースを並べ替え、時には積み重ね、滲《にじ》みだしたグレイな領域を見つめ続ければ、きっと周縁は少しずつ現れる。

いずれにせよ、犯行に加担した個人の固有名詞や組織名を暴くことに、僕は強い欲望を持ってはいない。大切なことは構造を明らかにして、そして記憶することなのだ。同じ過ちを繰り返さないために。

（週刊新潮二〇〇四年七月八日号）

濃密で哀しい光と影

沖縄紀行

僕にとって初めての沖縄体験は今から十八年ほど前、妻と一緒に暮らし始めた頃だ。二人で奄美《あまみ》諸島や石垣《いしがき》島などを廻《まわ》り、最後は那覇《なは》に二泊した。

その後の沖縄は、全部自作の映画の上映がらみだ。去年も「A2」の舞台挨拶《あいさつ》で一泊した。でも空港から劇場に直行し、劇場から居酒屋、居酒屋から深夜にホテル、翌朝はホテルから空港、というスケジュールで、沖縄をほとんど実感できないまま、悔しい思いをしていた。なぜなら僕は寒さが苦手だ。夏は暑ければ暑いほど幸せな気分に浸れるし、秋の始まりには決まって鬱《うつ》になるほどだ。顔立ちもどちらかといえば南方系だし、たぶん五十代ほど前のご先祖は、南の島から太平洋を北上してきたのだろうと思っている。

だからエスクァイア編集部の清水清から、一週間ほど沖縄に滞在しませんかとの依頼を受けたときは、二つ返事で承諾した。もちろん観光させてもらえるわけじゃない。今年が初の試みである沖縄の映画祭「琉球《りゅうきゅう》電影列伝」を取材することが条件だ。こうして僕は、押入れにしまいこんだばかりの短パンとアロハをバッグに詰めて、鼻歌気分で那覇空港に降り立った。

ホテルのロビーで清水と那覇在住のフリーライター長嶺哲成と落ち合って、まずは映画祭のメイン会場であるキリン館に向かう。正式な名称は桜坂シネコン琉映キリン館。シネコンの名のとおり、劇場は三つ併設されていて、そのうちのひとつであるキリン館が今回の映画祭のメイン会場だ。隣接する劇場で公開中の映画は「黄金の法」。宗教法人「幸福の科学」が制作したアニメ映画だ。チケット売り場の横に貼られたポスターに、「記録的大ヒット！」なる手書きの文字がある。その横にはタランティーノの「キル・ビル」の立て看板が、次回作として大きく取り上げられていた。

何となく複雑な思いで劇場の前に佇《たたず》んでいたら、ちょうど上映が終わったところらしく、キリン館の扉が開いてぞろぞろと人が溢れ出てきた。擦れ違いざまに一人の初老の男性が、「いやあ良かった、良い映画だ」と感極まったようにつぶやいている。

上映していたのは、日本の植民地下にあった一九二〇年代の台湾を舞台にした「無言の丘」。日本人と台湾人と琉球人との様々な交流を主軸に、庶民たちの生活と迫りくる戦争の影が活写された台湾映画だ。発表された十年ほど前は世界各地の映画祭でも絶賛された傑作だが、日本では動員は見込めないということで配給会社が決まらず、公開はされなかったはずだ。幸福の科学とタランティーノに両脇を挟まれながら、この骨太だけど地味な作品が観客に強い衝撃を与えて存在をアピールできたのだとしたら、それだけでもこの小さな映画祭の意味はあると少しだけ嬉《うれ》しくなった。

劇場をそっと抜け出して、僕は界隈《かいわい》をしばらく散策した。この記事のことが頭にあったからだ。昼間から暗闇にこもって映画を観るだけじゃ、わざわざ沖縄まで来た意味はない。長嶺哲成によれば、劇場がある桜通りは復帰前の沖縄では最大の歓楽街だったという。今ではすっかり寂れかけているが、小さな居酒屋やバーが密集していて、新宿のゴールデン街の雰囲気に近いものがある。それにしても猫が多い。路地の至るところに群れている。手を出しても逃げる気配がない。

「長嶺さんのお父さんはユタなんです」

路上にしゃがみこんで猫を手招きしていた僕に、清水が不意に言う。男性のユタは珍しいと思って聞き返したら、「正確にはユタではないです。でもいろいろ見えるようです」とのこと。清水の背後に立っていた長嶺が、微笑みながら小さく頷《うなず》いた。

「僕には見えないんです。妹は見えるらしい。夕飯時に父と妹は、『また来てるね』という会話をよくしていましたね」

亜熱帯の気候は豊かな自然を育《はぐく》み、強い陽射しは濃い影を作る。純度の高い闇にキムジナーが蠢《うごめ》き、ユタは当たり前のように死者の声を聞き、シーサーは虚空《こくう》を睨《にら》み続ける。その沖縄で五十八年前に「鉄の暴風」と呼称される凄《すさ》まじい地上戦が繰り広げられ、二十万人以上の命が、硝煙や銃剣の輝きと共に消えた。南国の太陽に照らし出される強いコントラストは、遠目には単純な白と黒だけど、近づいて目を凝らせば、無数の細かい光と影が、その狭間《はざま》に絶え間なく明滅している。

劇場のすぐ横は、小高い台地を利用した公園だ。斜面をしばらく上れば、那覇市街を眼下に見渡せる展望が広がった。ベンチやブランコの横には、数人のホームレスと猫たちが、地面に座りこんで酒盛りの真最中だった。この日の気温は二十八度。冬でもめったに十度を下回らない沖縄は、確かに猫やホームレスにとっては暮らしやすい環境なのだろう。そういえば北海道で暮らすホームレスのテレビ・ドキュメンタリーを最近観たことがある。家を持たない人たちにとって、冷気は何よりも大敵のはずだ。なぜ彼らがわざわざ、過酷な極寒の地に暮らすのかが不思議だったし、今もその謎は解けていない。

太古の時代に生きた人たちは、北と南に生活圏の領域を広げていった。寒いところや暑いところ、痩《や》せた土地や肥沃《ひよく》な土地、山の奥や海の側、移動した人たちはいろんなところに根を張った。根を張って畑を耕し海に潜り、子を増やして墓を作る。その多様な営みを合理性だけで説明はできない。

土地を所有する欲望は、国民国家の形成過程と並行して国境線の概念へと固着した。ナチスドイツは生活圏を東に求めながらユダヤ民族を虐殺し、アジアを解放するはずだった日本の軍部は大陸で村を焼き女や子供を殺し、先住民族を駆逐したアメリカはアジアや中東に大量破壊兵器の雨を降らせ続け、土地を与えられたユダヤ民族は土地を奪われたパレスチナの民と共に世界の火種となり、そして琉球は数世紀に亘《わた》り、中国やヤマト、アメリカや戦後日本に収奪され続けた。人は土地に縛られると嘆いたのはポール・サイモンだったけれど、でも土地に根付く習性があるからこそ、人がこれほどに繁栄できたこともまた事実だ。

ホームレスたちの笑い声を背中に、僕は斜面を下りる。いつのまにか夕闇が辺りに満ちている。

その日の夜は、琉球朝日放送のディレクターで、今回の映画祭にも作品を幾つか提供している土江真樹子と約束していた。指定された居酒屋に清水清と行けば、彼女も二人の男性を同行していた。ひとりは沖縄テレビ放送の報道部に所属している宮城歓。もうひとりは、昨年「A2」上映の際にインタビューを受けた琉球新報の米倉外昭。清水と初対面の挨拶を終えた土江が、「編集長なんですねえ」と感嘆し、驚いた僕は彼女が手にしている清水の名刺を脇から覗《のぞ》きこむ。

「本当だ」

「森さん、知らなかったの？」

知らなかった。以前名刺をもらったとき、上から読んでも下から読んでも同じ名前ですねなどとバカなことを言った覚えはあるが、名前の上にあった「編集長」の肩書きには気づかなかった。こう見えて僕は権威に弱い。ならば態度を変えなければと一瞬だけ思ったが、何をどう変えれば良いかわからない。まあいいや。たいしたことじゃない。

土江と会うのはこれが二度目になる。彼女が二〇〇三年に作ったテレビ・ドキュメンタリー「メディアの敗北〜沖縄返還をめぐる密約と12日間の闘い」が、九月に開催されたテレビ番組のドキュメンタリー映像祭で入賞した。僕はそのときの審査員のひとりだった。

沖縄返還の際に、アメリカ政府が沖縄の住民に対して支払うと約束していた保証金四百万ドルを、アメリカの意向を受けた日本政府が内密に肩代わりしていたことを、毎日新聞記者西山太吉が暴いたのは一九七二年。ところがこの衝撃的な報道があってから数日後、西山が外務省の女性事務官から機密電報文を入手していたことが明らかになり、スクープはあっというまに男女の不倫問題へと変質し、不道徳と糾弾された二人はそれぞれ、国家公務員法における守秘義務違反と秘密漏示教唆罪で逮捕された。共に最高裁で有罪が確定し、国家の重要な背信行為を暴いたはずの二人は、最終的に職場も失った。その西山が三十年の沈黙を破り、初めてインタビューに答えた番組だった。

不倫という単語に要約される世間の好奇心に、毎日新聞も含めてマスメディアはあっさりと迎合した。一九七二年四月の第一審で検察側は、外交関係機密文書の取得を企てた西山は、事務官とホテル山王で情を通じながら文書の持ち出しを懇願したと主張した。これに対して毎日新聞は、「取材にあたって道義的に遺憾の点があった。新聞記者のモラルから逸脱した」とコメントしている。論理のすりかえと対抗することもできたはずなのに、呆《あき》れるほどの淡白さだ。他のほとんどのメディアも、毎日のこの姿勢に追随した。

理由は簡単だ。返還に関わる密約の存在よりも、不倫問題で二人を槍玉《やりだま》に上げるほうが、視聴率や部数は遥《はる》かに上昇するからだ。この流れにこれ幸いとばかりに、自民党や検察も乗った。こうしてスクープは封殺された。守秘義務違反とその教唆という容疑が確定したのに、当時の福田赳夫外相や外務省高官は、国会や法廷で密約の証拠となる文書の存在を否定し続けた。不思議な話だ。文書がないのなら、二人は何の容疑で有罪と認定されたのだろう。後には密約の存在を裏付けるアメリカの公文書の存在が明らかになったが、政府は現在まで、「密約は存在しない」との立場を堅持し続けている。こうして日本政府の国民への裏切りは曖昧《あいまい》なままにいつのまにか終焉《しゅうえん》し、時の首相佐藤栄作は、沖縄返還の功によってノーベル平和賞を授与される。後に残されたのはタイトルどおりの「メディアの敗北」だ。但しメディアにその自覚は薄い。当時も今も。

映像祭表彰式の会場で初めて会った土江からは、他のメディアがなかなか取材に協力してくれないなどの裏話も幾つか聞いた。どうやらこの一件は、曖昧なタブーになりかけているらしい。こうしてメディアは自ら手足を縛りながら、誰かに縛られたと思い込もうとしている。編集長の肩書きに気づかなかった僕が天然の「ボケ」なのだとしたら、メディアは無自覚な「マヒ」だ。まあどっちもどっちだけど。

土江は関西の出身だ。たまたま赴任した沖縄の水が合ったのか、もうずっとこちらで暮らしている。でも「ウチナー」にとって、「ヤマト」の人間はやはり特別らしい。島々には独特の風習があり、男尊女卑の風潮も色濃いようだ。そんな土江の話を聞きながら、海ぶどうや島ラッキョウをつまみに泡盛《あわもり》を飲んだ。かなり酩酊《めいてい》したらしい沖縄テレビ放送の宮城が、「沖縄そばって言うけれど、あれはどう考えてもうどんでしょう」との清水の言葉に、顔色を変えたのは二軒目だ。

「違いますよ。わかってないなあ。あれはそばです」

「だって蕎麦粉《そば》は使ってないでしょ？」

「……小麦粉です」

「じゃあうどんでしょう」

「違います。そばです」

「でも小麦粉なんでしょう?」

「小麦粉です。でもそばです。何でわからないのかなあ」

沖縄で生まれ育った宮城にとって、うどんと言われることは相当に心外らしい。なぜそこまで言い張るのかはわからないが、必死に訴えるその気持ちは尊重したい。そうは思いながらも、でもやっぱり、小麦粉から作るならそれはうどんだ。少なくとも蕎麦じゃない。僕のその一言に宮城は、「そばなんだけどなあ」と悔しそうにつぶやきながら項垂《うなだ》れる。

翌日は、元日本テレビのディレクターだった森口豁が演出したテレビ・ドキュメンタリー「ひめゆり戦史　今問う、国家と教育」をキリン館で観る。今回の映画祭では、「オキナワの少年」や「Aサインデイズ」、「やさしいにっぽん人」や「ウンタマギルー」に「パイナップルツアーズ」など、オキナワをテーマにした劇映画も数多く上映されているが、そのほとんどは既に観ているし、また今後も観る機会は幾らでもある。ならばめったに上映されないしビデオ化などの可能性もほとんどない、テレビ・ドキュメンタリーや記録映像を中心に観ようと考えたのだ。

ただし、映画祭でなぜテレビ番組を観なくてはいけないのかという思いもあった。僕にとっては映画デビュー作である「A」は、そもそもはテレビ・ドキュメンタリーとして企画されたが、撮影が始まったばかりの段階で、「オウムを絶対悪として強調して描け」とプロデューサーから指示されて、これを拒絶したために中断を命じられ、更には僕自身がテレビから追われるきっかけになった作品だ。様々な制約や商業主義にがんじがらめにされ、何よりも作家性を完膚なきまでに剝奪《はくだつ》された残滓《ざんし》が、今のテレビ番組の大勢を占めている。その意味ではテレビ・ドキュメンタリーという呼称すら矛盾なのだ。あれはドキュメンタリーではなく情報のパッケージだ。僕は時おりそんな言い方をしてきたし、その思いは今も変わっていない。

だからこそ、映画祭でなぜテレビを？　という思いはあった。どうせ姑息《こそく》に中立や客観を装いながら、主体が埋没した作品を上映するのだろうという諦観《ていかん》が最初からあった。ところが映写が始まってすぐ、僕は文字通りスクリーンに釘付《くぎづ》けになった。渾身《こんしん》のドキュメンタリーだった。必要とあらば画面に自らを晒《さら》すことを森口はまったく躊躇《ちゅうちょ》せず、あくまでも主体的に、時には自らの混乱や葛藤《かっとう》も、一人称のナレーションで吐露していた。反省しなくては。僕はテレビを矮小化《わいしょうか》しすぎていたかもしれない。こんな仕事をずっと持続してきた人がいる。

ひめゆり学徒隊が、なぜ、どんな経過を経て組織されたのかを、生き残りの女生徒たちや教師たち、更には軍関係者たちを取材することで、森口は少しずつ炙《あぶ》りだす。そのほとんどの証言が「彼からの指示だった」と収斂《しゅうれん》する当時の軍高官は、撮影のこの時点では大学教授になっていた。カメラ撮りを激しく拒否する彼の、「私ではない。学校側から軍に申し入れがあったのだ」との言葉が、ストップモーションの映像に重複する。放映は一九七九年。吉田司が『ひめゆり忠臣蔵』を発表して、沖縄の過剰な被害者意識に別な視点から光を当てる十五年ほど前だ。

番組としては、真相は藪《やぶ》の中だ。解釈はいろいろあると思う。でも僕は、彼ひとりの意図や指示でひめゆり学徒隊が作られたとは思わない。陛下の赤子として祖国を防衛せよと彼が要請したことは間違いない。でも皇民としての義務を果たしたいと、学校側から打診があったことも、おそらく事実だろう。更に言えば、県立第一高等女学校や沖縄師範学校女子部に在籍していた女生徒たちにだって、滅私奉公や撃ちてしやまんの掛け声と共に戦意の昂揚《こうよう》はあったはずだ。吉田司が指摘するように、本土から差別され迫害され続けてきたからこそ、忠心を見せる機会と誰もが思った可能性はある。真相は藪に押し込められたのではなく、最初から藪の中にしかない。

戦争や虐殺の構造は、決してわかり易いものではない。更に言えば、オウム真理教の一連の犯罪にもこの構造は通底する。絶対的な悪役がいて正義の味方がそれを打ち負かすのなら、それは子供向けヒーロー特撮番組だ。でも二十一世紀も三年過ぎて、世界はまさしくその方向にある。たぶんその一因は、被害と加害の問題を、僕らはあまりに短絡的で図式的な二項対立だけで考え続けてきたからだ。

兵士だけではなく民間人にも多数の被害が出た沖縄の地上戦のもうひとつの特色は、日本兵による民間人虐殺だ。久米《くめ》島などマスメディアが取り上げて話題となった事件以外にも、至る所で日本兵による住民虐殺があったことは、既に明らかになっている。

実例をひとつだけ挙げる。渡喜野屋部落の住民約九十人は、上陸した米軍に保護されて仮収容所に入れられた。飢えとマラリアで消耗しきっていた住民たちに、米軍は毛布や缶詰、煙草などを配給したという。ところがその日の深夜、敗走していた日本兵たちが闇に紛れて収容所に現れ、住民たち全員をひとまとめに集めて手榴弾《しゅりゅうだん》を投げ込んだ。生存者は九十人のうち十人にも満たなかった。翌朝現場を発見した米兵たちは、何が起こったのかが瞬時には理解できずパニックになったという。

沖縄の地上戦をテーマに数々の著作がある嶋津与志は、日本兵による住民虐殺が頻繁に起きた理由を、『沖縄戦を考える』（ひるぎ社）で以下のように分析している。

「ひとつは彼らが、他国を侵略する軍隊としての訓練しか受けてこなかったことである。沖縄戦は、日本軍が初めて経験した国内戦であった。彼らは満州や中国や東南アジアでの戦闘の経験しかなかった。敵の領土では、住民はすべて潜在的な〝スパイ〟と見なされなければならなかった。

その教訓が、そのまま沖縄戦でも適用された。（中略）沖縄では国家総動員法を発動して、足腰の立つ住民はほとんどすべて軍の作戦に協力させられた。したがって住民は軍の機密を知りすぎている。そこへ敵が上陸してきて住民を捕えた場合、軍の機密は彼らの口から敵側につつ抜けになってしまう。そこで軍の論理からすれば、『敵に捕まった者はスパイとして処刑する』ということになるのである。（中略）『一億総玉砕』というかけ声で国民総ぐるみで戦争協力に駆り立てられた総動員体制の究極の姿でもあったのである」

要するに誰もが加害者であり被害者でもある。このネガとポジは、極限状況になればなるほど容易に反転する。琉球と呼称されて本土からは異民族として迫害され、日本で唯一武装した米軍が上陸してきた沖縄にくっきりと焼きついたこの濃密な陰影は、戦後半世紀が過ぎた今も継続する。基地の撤去を願う人。基地に依存する生活を余儀なくされる人。本土復帰を祝い日の丸の小旗を振る人。式典で掲げられた日の丸を引きずり下ろして火をつける人。この光と影が織り成すアンビバレンスは決して希釈されることのないまま、今も南国の大気に濃密に息づいている。

だから三線《さんしん》の音色は哀しい。沖縄の歌はすべて、陽気な南国のリズムに弾《はじ》けながら、深いところでしみじみと寂寥《せきりょう》がある。この哀しみは旅人にも感染する。南国の青い空と白い雲は、見つめれば見つめるほど、人が生きて死んでゆくことの切なさを喚起する。

劇場のロビーで映画祭のボランティア・スタッフたちとしばらく雑談。「観光には行かないんですか?」と訊《たず》ねられ、「ハブとマングースの闘いでも観に行こうかな」と答えれば、「もう止めちゃったんですよ」との答えが返ってきた。

いちばん最初に沖縄を訪れた十八年前、琉球村でハブとマングースの対決を見た。克明には覚えていないが、呆気《あっけ》なく終わったような印象がある。最近は動物保護法の改正に伴い、このショーは行われなくなったという。そもそもはハブによる被害が続出した明治期に、大量に輸入された天敵のマングースだが、実のところはハブを狩るのは彼らにとっても命がけらしく、むしろパイナップルなどの農作物に被害が出始めて、最近ではマングースは駆除の対象になっているという。

さて問題です。この場合の被害者は誰でしょう。そして加害者は誰でしょう?

三日目、僕は「ゆいレール」に乗った。正式名称は沖縄都市モノレール。那覇空港ターミナルを始発として、首里汀良町《てらちょう》までの十二・九キロを二十七分で走るこの路線が正式に開通したのはこの八月だ。鳴り物入りのプロジェクトだったらしいが、乗降客は少なく、駅舎は閑散としていた。

ゆいレールに乗ったのは首里城を観に行くためだった。記事を書くためには観光したいが、まとまった時間はとれそうもない。そんな愚痴を言ったら映画祭のボランティア・スタッフから、「じゃあ首里城に行ってみたらどうですか？　モノレールができたからあっというまですよ」とアドバイスされたのだ。「面白いかな？」僕の率直すぎるこの質問に、彼女は少しだけ首を傾げながら、「まあ一見の価値はありますよ」と曖昧《あいまい》に笑う。

首里城公園は、モノレールを降りてから徒歩で十分ほど。公園内のお堀に沿った道の片側に茂る巨木に圧倒された。太くて大きいだけじゃない。曲がりくねった枝は堀の水面すれすれにまで垂れ下がっていて、見事な造形だ。何の木だろう。プレートが下げられている。「でいご」と記されている。ならば知っている。THE BOOMの「島唄」で歌われる木だ。確か沖縄の県花のはずだ。でも何となく、もっと可憐《かれん》な草花を想像していた。「でいごの花が咲き」と唄われる「でいご」が、こんなに逞《たく》しい巨木とは知らなかった。

首里城については特に記すことはなし。守礼門から正殿に到るコースを他の観光客らと共に歩いたが、雰囲気としてはテーマパークだ。明治政府の圧力によって、四百五十年続いた琉球王国は解体され沖縄県となった。その後首里城は陸軍の駐屯地として利用され、第二次世界大戦時には、第三十二軍司令部壕《ごう》が地下に造営されていたため、米軍の標的となって徹底的に破壊しつくされた。復元工事が終わって一般に公開されたのは一九九二年。その意味では歴史の陰影や重厚感が致命的に乏しいのも仕方がないとは思うが、どうにも物足りない思いで、沖縄県立博物館まで足を延ばしたら、休館の札が下げられていた。

帰りのモノレール。疲れきっていちばん隅の席で本を読んでいたら、どやどやと高校生らしき一団が乗ってきた。何足ものスニーカーや革靴が僕の目の前を通過したが、そのうちのひとりが、突然僕のすぐ前で足を止めた。席は半分も埋まっていないから、わざわざ僕の前で彼が立ち止まる理由がわからない。隣の車両に移った友人が声をかけてきたようだが、彼の革靴は僕のすぐ目の前から動かない。その位置と向きからすると、どうやら僕をじっと見下ろしているようだ。

やれやれだ。因縁でもつけられるのかな。ついていない日ってのはこういうものだ。僕の何が彼の癇《かん》に障ったのだろう。仕方がない。裏地に竜が火を噴いている学ランを着たリーゼントというところだろうか。いやそれは古典的すぎる。僕の時代の不良のイメージだ。

茶髪でピアス、腕にはタトゥー。そんなところだろう。いずれにせよ、いつまでも俯《うつむ》いているわけにはゆかない。覚悟を決めて顔を上げる。

目の前に立っているのは、茶髪でもなくリーゼントでもなく、坊主頭の小柄な高校生だ。目が合った瞬間に、「あの……、森さんですか？」と彼は囁《ささや》いた。呆気にとられながら頷《うなず》くと、「『A』観ました。『A2』も」と言いながら、彼はおずおずと右手を差し出した。

「吃驚《びっくり》しました。人違いかと思ったけれど、思いきって声をかけて良かったです」

こんなふうに声をかけられることは年に一度か二度だ。とにかく古巣のテレビからは嫌われているらしく、僕や僕の作品が地上波の画面で扱われることはほとんどない。だから彼が僕に気づいたことが不思議だった。その理由を彼は、吊革《つりかわ》に摑《つか》まりながら立ったままで説明してくれた。

「僕の家族は『エホバの証人』の信者なんです。でも僕は違います」

だから彼が幼い頃からずっと、家族間では信仰を巡っての諍《いさか》いが絶えなかった。レンタルビデオ屋で「A」と「A2」を見つけた彼は、まず自分が観て、次に家族にその視聴を勧めた。オウム真理教のドキュメンタリーなどとんでもないと最初は嫌悪感を示していた家族は、執拗《しつよう》な彼の懇願でしぶしぶビデオのスイッチを入れ、観終えた後には衝撃を受けたらしく、ずっと考え込んでいたという。

「その後は家の中の雰囲気がずいぶん変わったんです。今日森さんに会ったと言ったら、母親はきっと大喜びしますよ」

しみじみと嬉《うれ》しかった。作品を作って良かったと思うのはこんなときだ。


翌日、僕は再びキリン館に足を向けた。森口豁による他の作品を観るためだ。すっかり彼に嵌《はま》っていた。夜は居酒屋。路地裏に赤提灯《あかちょうちん》のいい雰囲気の店を見つけた。でもこれが大外れ。ゴーヤの天麩羅《てんぷら》は出来合いをレンジで温めるし、海ぶどうはあったが島ラッキョウやトーフヨウなど地場の料理はほとんどメニューにない。口直しにもう一軒。偶然路上で出くわした映画祭のスタッフたちと合流した。飲みながら首里城の話をしたら、「離島の人たちにとっては、あの城は支配階層のシンボルです」と誰かが冷めた口調で言った。島と島とのあいだの経済格差は、差別意識と表裏の関係にある。大きいものが小さいものを差別する。強いものが弱いものを疎外する。それは世の習いだ。「沖縄の選挙は凄《すさ》まじいですよ。あらゆる手を使いますから」誰かが言う。要するに一人ひとりが利権に貪欲《どんよく》なのだ。でもそれも、長く本土から迫害されてきた琉球の哀しい歴史と無関係ではない。

濃密な光と影だ。南国の光は強く、そして影も濃い。キリン館のスクリーンに投影される白黒フィルムの光と影は、そのまま今の沖縄が抱える矛盾の写し絵でもある。ヤマトから侵略され、差別され、戦火で踏み躙《にじ》られ、基地を置かれ、長く復帰すらできなかった沖縄は、徴用された朝鮮半島出身者を軍夫と呼称して蔑《さげす》み、米軍基地を憎みながら依存し、観光客誘致のために自然を破壊することを躊躇《ためら》わず、差別や利権が濃縮された地でもある。被虐と加虐の歴史が、自分たちはいったい何者なのだと、軋《きし》みながら叫び続けている。

どうしても気になったので、帰京後に沖縄そばについて調べた。中国から琉球に麵類《めん》が伝わったのは今から五百年ほど前と言われている。小麦粉にカンスイや木灰などを混合して麵を打つことがその特色だ。本土復帰後、蕎麦《そば》粉を使っていない沖縄そばは蕎麦ではないと、この呼称が禁じられた時期もあったという。しかし長年慣れ親しんだこの呼びかたを復活させようと根気よく運動を続けた結果、昭和五十三年十月十七日に、公正取引協議会から正式に「沖縄そば」の呼称認定を受け、全国麵類名産・特産品にも指定された。

呼称にこだわったのは、本土に対しての憧《あこが》れや屈折が介在していたからとするのは考えすぎだろうか。いずれにせよ、やっとわかった。宮城君ごめんね。蕎麦ではないけど「そば」なんだね。

（エスクァイア日本版二〇〇四年二月号）

あとがき

そもそもが社会派じゃない。それは自分でもよくわかっている。メディア評論家でもないし、ましてやジャーナリストでもない。だから引き出しが少ない。知識や素養も貧しいし、洞察力や分析力も乏しい。何よりも致命的なのは、社会正義という概念を、僕はどうしても信じることができないことだ。

だからなのか、テレビや新聞などに収斂《しゅうれん》されるマジョリティの視点や感覚と、どうしてもずれてしまうことがしばしばある。

学校や会社などの組織内でもそうだった。昔はそんな自分が疎ましかった。同じ組織や場所に留《とど》まることができない理由のひとつに、これがあったからだ。念を押すけれど反骨とかじゃない。全然違う。できることなら場に馴染《なじ》みたかった。大多数と調和したかった。でもできない。どこかで過剰になり、どこかで投げやりになる。そんな日々が続いてはリセットし、そしてまた鬱屈《うっくつ》の日々が続く。その繰り返しだ。今にして思えば、僕はただ、自分を持て余していただけだった。

八年前もやはり、オウム信者を被写体にした映画を自主制作で作りながら、それが理由で所属していた番組制作会社で居場所を失い、テレビメディアという場から疎外された。興行については、思い返したくないほどに侘《わび》しい動員だったが、でもそれ以降は、多少は発言する機会が増えたことは事実だ。硬骨や反骨などと勘違いされたからだろう。

残念でした。そもそも底が浅い。志も低い。だから発想はいつも同じパターンだ。でも開き直るわけではなく、同じことばかり書いているとの評価はもう気にしない。だって同じ状態がここ数年、実際に日本社会を覆っているのだ。僕のせいじゃない。

そう必死に自己弁護しながらも、やはり原稿を読み返すたびに、自分のこの芸のなさに嘆息したくなる。災難はこの本を買った人たちだ。かなり加筆はしたつもりだけど、でもやっぱり、良くいえばリサイクル。悪く書けば便乗商法（ちょっと違うか）。とにかく申し訳ない。この本の著者印税は一冊につき百三十円。今の段階で初版の部数はまだわからないけれど、でも少なく見積もっても、僕のこの本による収入は百万円プラスα。そのお金で、僕は電気代を支払ったりイトーヨーカドーで葱《ねぎ》や豆腐を買ったり車のガソリン代を払ったりする。娘たちの学費も貯めねばならない。たまには回らない寿司だって食べてみたい。

……とはいえ、やっぱりつくづく申し訳ない。天災だと思って勘弁してください。

とまずは卑屈なほど低姿勢に出てから、手のひらを返したように一転して、少しだけ強気になる。確かに同じことばかりを繰り返して書いてはいるけれど、思いは確実に、少しずつ強くなっている。

活字の仕事をするようになった五年前には、違和感や戸惑いとしか表記できなかった感覚が、いつのまにか僕の内部で熟成したかのように、少しずつ具体的な語彙《ごい》や論理へとなりつつある。

そのうえで思う。映画を作ってからのこの八年間、今まで言ったり書いたりしたことで、訂正することなどひとつもない。ケアレスな思い違いや無知ゆえの思いこみはいくらでもあったけれど、でも本質的には、僕は自分の発言に今も全責任をとれるつもりだし、間違ったことは言っていない。だから加筆はしても修正はほとんどしなかった。

……何だか強気すぎるな。嫌味な奴だ。でも掛値なしの実感だ。初めてオウムの施設に足を踏み入れてこの社会を逆側から見たときに、つくづく感知した歪《ゆが》みは、今もまったく変わっていない。なぜならほとんどの人が、この歪みに対して、ずっと無自覚のままでいるからだ。

当たり前なのだろう。床の傾斜はよほどじゃないかぎりは、床から降りて横から眺めないと気づかない。人は哀しいほどに場に順化する動物なのだ。だからこそこれほどに繁栄できた。でもこの順化のメカニズムは、見方を変えれば麻痺《まひ》の側面も併せ持つ。確かに麻酔は心地よい。でも過度の投与は、禁断症状と副作用をもたらしながら、いつかは必ずあなたを壊す。

じわじわと。でも確実に。

時代は急速に転換している。思いだして欲しい。例えば八年前、武装した日本の自衛隊が海外で米軍の武力侵攻への支援活動を行うことなど、誰が想像できただろう。学校で国家斉唱の際に起立しなかった教職員が大量に処罰され、公園のトイレに「戦争反対」の落書きをしたら、建造物損壊で有罪になる社会が現出することなど、いったい誰が予想できただろう。

北オセチアでのテロ事件を契機にロシアは、チェチェンや北オセチアなど二十一の共和国大統領や六十七の地方の首長の直接選挙を廃止し、プーチン大統領による一方的な任命制度へとすることを発表した。さらには、分割されたはずのKGB（国家保安委員会）に匹敵する諜報《ちょうほう》機関も、再統合されるという。

根付いたはずの民主主義が、放棄したはずの中央集権に逆行する。明らかに異常な事態だ。でもテロに対峙《たいじ》する安全保障という言葉の前に、あらゆる異常が普通になりつつある。

間違いなく今、世界は壊れかけている。思考を停止しつつある。その責任は、僕たち一人ひとりにある。なぜなら同時代にいるからだ。事後に特定の誰かを論《あげつら》うための責任論は、空しいし意味がない。僕らはいわば、この世界を壊し続けることの共謀共同正犯だ。だって個人に何ができる？　と反論されるかな。そんなことはないよ。川が汚れたり森から木が消える理由は、一部の悪辣《あくらつ》な権力者が利己的な利益獲得に奔走したからではない。米軍がイラクに侵攻した背景には、思慮の足りない大統領の判断や石油利権、ネオコンと癒着する軍産複合体の権益保持だけが働いていたわけではない。オウムが地下鉄に無差別にサリンを撒《ま》いたその裏で、日本征服の野望を持った邪悪な男たちが、高笑いしながら策を練っていたわけでもない。

僕らは有機体のネットワークだ。僕らの同意のもとに世界はある。一人ひとりがこの世界に責任がある。

八年前にオウムの映画を作って以降、ずっと不安だった。オウムによる一連の犯罪の動機や背景には、凶暴な殺意や暴力への衝動が働いていたのではなく、彼らの愚直なほどの善意や優しさが主語を失うことで暴走したのだと主張しながら、自分はもしかしたら、とんでもない勘違いをしているんじゃないかという懸念を、ずっと払拭《ふっしょく》できなかったからだ。

でも今ならもっと、自信を持って断言できる。

世界の思考を停め、僕らの身を現在も脅かし、そして僕らが本当に対峙すべき相手は、邪気や悪意などでは断じてなく、一人称の主語を失った善意や優しさなのだ。

……そう勇ましく断言したその後で、やっぱり小声でこそこそと言い訳をつぶやきたくなる。これはあくまでも現時点での話で、未来においてはわからないと。

でも少なくとも、一冊分にまとめられたこの原稿を読み返しながら、今までは間違っていないと、もう一度思う。一応は表現行為従事者と自分を規定しているので、多少は恰好《かっこう》つけた物言いをするけれど、でも中身は、稚拙なくらいに素朴なことばかりだ。

だってやっぱり不思議なんだ。きらびやかなお召しものなど、どうしても僕の目には見えないから。ぶらぶらしているオチンチンなら見える。だからこそ何度も、僕はこの言葉を繰り返す。

「ねえみんな、気を悪くしないで欲しいのだけど、やっぱりどう見ても、王様は裸だよ」

ここからは映画でいえばエンド・クレジット。この本は、これまで何らかの媒体に発表した文章と、若干の書き下ろしと、書いてはみたけれど諸般の事情でどこにも掲載しなかった原稿の三つで構成されている。

『A』の文庫本から始まって四冊目、僕にとっては、もうすっかりパートナーのようになってしまった角川の担当編集者である蒲田麻里さんにまずは感謝。朝日新聞の佐久間文子さんと石飛徳樹さん、それに塩倉裕さんと出版局の上坊真果さん、週刊現代の片寄太一郎さん、元文化通信社の鈴木理栄さん、スカイパーフェクTV!の木村親八郎さん、週刊金曜日の平井康嗣さん、産経新聞の日出間和貴さん、第三文明の藪本貴志さん、東京人の田中紀子さん、Ｉｎｖｉｔａｔｉｏｎの小林淳一さん、オール讀物の別宮ユリアさん、共同通信社の片岡義博さんと平本邦雄さん、週刊新潮の安河内龍太さん、ＰＬＡＹＢＯＹの松政治仁さんと田中伊織さん、講談社の中根享さん、エスクァイアの清水清さん、中央公論の山田有紀さん、まだ書ききれない。書けなかった人ゴメン。他にもたくさんの編集者の方々に感謝。

そして何よりも、この本を買ってくれて、僕の生活を支えてくれるあなたに、五人の家族と二匹の犬と一匹の猫と数えきれないミッキーマウス・モーリーやテトラ・フィッシュを代表して、最大級の感謝の意を伝えます。

（単行本時書き下ろし）

文庫版あとがき

単行本のあとがきを書いた日は、二〇〇四年の九月十三日。ほぼ二年前だ。ならばこの二年間、僕は何をやってきたのだろう。

本を数冊書いた。
テレビ・ドキュメンタリーを一本作った。
幾つかの大学やカルチャーセンターで講座を持った。
幾つかの講演会やシンポジウムで発言した。
ラジオのレギュラー番組を続けている。
テレビに何度か出演した。
いろんな人と対談をした。
小説の連載を始めた。
いろいろ思いだしながら書いたけれど、まあこんなところだろう。本の売行きはぼちぼち。ベストセラーにはならないけれど、まったく売れないというわけでもない。出演した番組への感想や批評もまあまあ。可もなく不可もない。ならば身辺には何が起こったのかといえば、

飼っていた猫が行方不明になった。
捨て猫を二匹拾った。
飼っていた犬が二匹の子供を産んだ。
子供たちは二歳ずつ成長した。
妻と僕は二歳ずつ老けた。
一回入院して、一回退院した。

こんなところかな。どうもぱっとしない。加齢を別にすれば、何となく循環している。まあでも、普通はこんなものだ。劇的なことなどそう頻繁に起こるわけじゃない。いずれにせよ僕自身は、大きくは変っていない。そして僕が暮らすこの社会も、大きくは変っていない。

でも進んだ。大きく変ってはいないけれど、この社会は圧倒的に進んだ。少しずつ加速

をつけながら。僕は後ろにいる。列の先頭はもう見えない。

この作者は時代の先を行っているのではない。

時代の変化についてこられていないだけだ。

こういう人が文化人気取りで何冊も本を書いていることこそ、

日本が抱える深刻な問題だろう。

引用したのは、アマゾン（書籍やCDや家電などが購入できる大手ネット通販サイト）の中の単行本『世界が完全に思考停止する前に』の紹介ページに掲載されたカスタマーレビュー（一般読者から投稿された書評）のひとつだ。要するに投稿された匿名の書評。ちなみにタイトルは「時代遅れな左翼の断末魔」。これを書いた「名無し」さんは、よほど僕の本が嫌いらしく、他の僕の本のほとんどに、このアマゾンでかなり辛らつな書評を載せている。余談になるけれど、他にも何十冊ものレビューをアマゾンに載せているようなのでざっとチェックしてみたら、この人が批評の対象にする書籍のほとんどは、いわゆるオタク系のコミックかアイドルの写真集だった。例外は森達也の本のほとんど。そして姜《カン》尚中《サンジュン》と小熊英二の本を一冊ずつ。なるほど。決して皮肉ではなく、こうして僕の本ばかりを例外的に購入して書評の対象にしてくれているのだから、その情熱には吃驚《きっきょう》すると同時に、何よりも感謝せねばならない。

で、つくづく思うけれど、この「名無し」さんの言うとおりだ。同意する。僕は時代の先など行っていない。今のこの時代の変化についていけず、ぶつぶつと列の最後尾で愚痴や繰言を書いているだけだ。

先を走った記憶などこれまで一度もない。僕はいつも周回遅れだ。

でも同時に思うことは、全体の歩みが加速すればするほど、その速度に取り残されたり、足もとの石につまずいて転んでしまったり、ふと歩みを止めて景色に見とれてしまう人も増えてくるということ。その実感はある。数年前までの僕は、映画やテレビ業界で、せいぜいが異端であることの価値しかなかったはずだ。その価値が上がってきたとはさすがに思わないが、「お前の言うこともわかるぞ」と言う人が、少しずつだけど増えてきているような気がする。周回遅れは相変わらずだけど、少なくとも今の僕は、以前ほどには孤独じゃない。

自分にとって、これが良いことかどうかはわからない（書いたり撮ったりするうえでは、実はけっこう微妙だとは思う）。この社会がどこへ向かうのか、あるいはこれから先どうなるのかも、僕にはわからない。遅れたり外れたりした人たちは（僕も含めて）、結局は切り捨てられるのか、あるいは無理やりにこの流れに再編成されるのか、それもやっぱりわからない。

ひとつだけ確実なこと。もしも全体の向きが逆転すれば、今遅れている人たちはトップランナーになる。いってみれば市民革命の構造だ。でもきっと僕はそんなときも、気づいたら列の最後尾にいると思う。遅れてもかまわない。いや、いつも遅れていたい。時代の変化についてはゆきたくない。先陣など走りたくない。今のこの景色を大切にしたい。

それしかできない。時代を変えるのは僕じゃない。あなたたちの誰かだ。僕はそのタイプじゃない。だからこれからも列の最後尾で、ぶつぶつと愚痴や繰言をつぶやき続けるだろう。

森　達也

二〇〇六年六月

解　説

森達也は「日本のスウィフト」である。

森達也は不思議な人だ。かねがね、わたしは今の日本に森達也がいることはひとつの事件だと思ってきた。なぜなら、こんなタイプの「表現者」は、日本広しといえども、どこにも見あたらないからだ。

まず森達也は、一体何者なのかがよくわからない。ジャーナリストか。評論家か。作家か。映画監督か。はたまた文化人か。どんな既存のカテゴリーをひねくり回しても、ピッタリとくるものが浮かんでこないのだ。

では一体何者か。本人はきっと、映像と言語を唯一の手がかりとする「表現従事者」と答えるに違いない。漢字ばかりが並んで、何だか角張っている感じがしないわけでもない。でもそれがどうだというのだ。常に一人称の「僕」で語ってきた森達也がそう思うんだから、額面通り受け止めるべきだろう。

それでもやはり、問いたくなる、森達也って何者か、と。

飄々《ひょうひょう》とした風貌《ふうぼう》ながら、とがったことをさらりと言ってのける発言者としての森達也は、わたしには当代随一の批評家のように思えてならない。日常のありふれた出来事の断層にぐさりと鋭利なナイフを突きつけるようなとがった物言いを、ユーモアとペーソスを交えて軽々とやってのけられる力量は並のものではない。

本書の「タマちゃんを食べる会」を読めば、誰でもが目を丸くし、思わず吹き出してしまうはずだ。その毒をたっぷりとまぶしたようなユーモアは、独りよがりの過剰な善意やヒューマニズムの欺瞞《ぎまん》を鋭く突いている。

「アザラシの命の尊さを声高に叫びながらホタテの命をゴミのように扱ったり、在日外国人に選挙権を与えずにアザラシに住民票を交付することの矛盾に対して、不感症にはなりたくない」(本書、85頁)

そんな欺瞞をわからせるために、タマちゃんの眉間《みけん》に一発お見舞いして、川岸でバーベキューをと、ぬけぬけと言ってのける森達也に脱帽したくなる。かといって、森達也には力んだ悲壮感などさらさらないのだ。

「だからタマちゃん。お願いだから早く逃げてくれ。頭のおかしな自称映画監督が、バー

ベキューセットを川岸に持って来るその前に」(86頁)

森達也の根っからのやさしさが垣間《かいま》見える心憎いばかりの見事なオチに、ブラック・ユーモアの毒はいつの間にか消えてなくなっている。不思議な人だ、森達也は。

冷笑的な鋭い批評とほっとするようなペーソス。その水と油のようなものが渾然《こんぜん》と溶け合った森達也の世界。すぐに思い浮かぶのは、あの『ガリヴァー旅行記』で有名なジョナサン・スウィフトのことだ。文芸批評家のエドワード・サイードは、『知識人とは何か』(原題は『知識人の表象』)の中で「スウィフト的皮肉」について語っているが、それと同じように、わたしは「達也的皮肉」について考えてみたいと思っていた。というのも、森達也は、現代日本のジョナサン・スウィフトではないかと思っていたからだ。

皮肉、アイロニーの語源は、ギリシア語の「無知を装った」(eironeia)に由来している。「無知を装った」反語的な表現、それがさしあたりのアイロニーの原義のようだ。

「姜《カン》さん、わたしは知識が乏しいし、素養がありませんから」。事あるごとに森達也は、まるで枕詞《まくらことば》のようにそう自分を卑下して見せる。でも実はこれが曲者《くせもの》なのだ。何のことはない、森達也はわたしなど及びもつかないほど膨大かつ多彩なジャンルにわたる知識の引き出しを備えているのだ。だからまさしく森達也は「無知を装って」いることになる。

でも誤解してはいけない。作為的にそのように装って見せているのではいのだ。アイロニカルであることが、そっくりそのまま自然であるような、そんな「皮肉」が森達也には天性のように身に付いているのである。そこにはわざとらしい阿諛《あゆ》や媚《こ》びなど微塵《みじん》もない。それでいて実に気負いや力みもなく、恬淡《てんたん》として表現しなければならないことを表現する、そんなすがすがしいほどの率直さが森達也の全身から伝わってくる。本当に不思議な人だ、森達也は。サイードが絶賛した「スウィフト的皮肉」は、「日本のスウィフト」森達也に受け継がれているのであるから。

そう思うと、明らかに森達也は、サイードの言う「知識人」の部類に属している。こういえば、きっと森達也は反論するだろう。「冗談じゃありませんよ。僕なんかそんな風に呼ばれるタマじゃないんだから」。

なるほど確かに、森達也は常に権力に抗《あらが》う反骨の人のようには見えない。そもそも自ら認めているとおり、森達也は社会正義などというものの胡散臭《うさんくさ》さに誰よりも敏感なのだから。

それでも、森達也は、一人称の主語を喪《うしな》って暴走する多数派の情動に生理的な嫌悪感を隠さない。孤立を恐れず、まずは一人称の自分にこだわってみる森達也の姿勢は終始一貫している。

どんなことにも眼を背けず、「普通に感じ、普通に首を捻り、普通に疑問を口に」（「自衛隊派遣II」49頁）する、こんなまっとうなことを許さないほど、世界はすさみ、麻痺《まひ》しているとすれば、これほどやばい時代は他にない。「オウム」と「テロリスト」そして「北朝鮮」に対して向けられる「主語のない擬似の憎悪」（「子供に見せたくない番組」172頁）が渦巻く世界を見ると、森達也の痛覚がひりひりするほど伝わってくる。

「「我々」や「国家」、「国益」や「公」などの語彙に主語を譲るとき、きっとこの国は過ちを犯す。架空の話じゃない。日本は過去に、何度も体験しているはずだ」（172頁）

森達也の言葉は実にずっしりと重い。しかし、その重さは、決してイズムや民主主義の大義などといったものに由来しているわけではない。他者への想像力を保ち続けること。そのためにあくまでも一人称の思考と感性を大切にすること。森達也の立振舞はこれに尽きる。だが、それが壊れ、思考が停止し、すべてが一人称の主語を喪った多数派の情念（「憎い」「許せない」）に融解しつつある世界で、それでも「僕」の一人称で表現することはどんなに困難なことか。確かに、時流に乗り、多数派に身を置けば不安はなくなるかもしれない。しかし、それこそ思考と感性が麻痺した状態ではないのか。にもかかわらず、一人称による他者への想像力を口にするだけで、「非国民」と罵《ののし》られかねない淀《よど》んだ空気がこの社会に蔓延《まんえん》している。

だからこそと言うべきか、森達也の覚悟は出来ている。「この日本にはもう僕の居場所がないと思うだけだ」と。

サイードは、「知識人」とは、ある種の「亡命状態」を生きることだと述べているが、紛れもなく、森達也は、その覚悟を語っているのだ。しかし、そこにはいささかの気負いも痛ましいほどの悲壮感も見られない。なぜなら、森達也は、根っから人が好きだし、人への信頼を失っていないからだ。

人間は根っから残酷であるわけではない。「心が弱くて、優しくて、善意溢れる生きもの」（11頁）なのだ。でもだからこそ、互いに殺し合い、憎み合い、過ちを犯すのだ。だとすれば、「僕らが本当に対峙すべき相手は、悪意ではなく、一人称の主語を失った善意や優しさ」（265頁）ではないのか。森達也は静かにそう訴えている。含羞《がんしゅう》のある森達也の人懐っこい口吻《こうふん》に、わたしはやっと日本に新しいタイプの「知識人」が登場してきたことを感じ取っていた。それは、今までのわたしの在庫目録にはなかったような「知識人」である。それでも森達也は照れながら言うだろう。「姜さんときたら、仰々しいんだから。そんな知識人なんて、おこがましいですよ」と。でもわたしは信じて疑わない、森達也は

「日本のスウィフト」であることを。

姜《カン》　尚《サン》　中《ジュン》（政治学者・東京大学教授）

本書は二〇〇四年十月に刊行された
小社単行本を文庫化しました。

世界《せかい》が完全《かんぜん》に思考停止《しこうていし》する前《まえ》に

森《もり》 達也《たつや》

角川文庫 14240

平成十八年七月二十五日　初版発行

発行者――井上伸一郎
発行所――株式会社角川書店
東京都千代田区富士見二―十三―三
電話　編集（〇三）三二三八―八五五五
　　　営業（〇三）三二三八―八五二一
〒一〇二―八一七七
振替〇〇一三〇―九―一九五二〇八

印刷所――旭印刷　製本所――BBC
装幀者――杉浦康平

定価はカバーに明記してあります。

も 13-3　ISBN4-04-362503-0　C0195

角川文庫発刊に際して

角川源義

第二次世界大戦の敗北は、軍事力の敗北であった以上に、私たちの若い文化力の敗退であった。私たちの文化が戦争に対して如何に無力であり、単なるあだ花に過ぎなかったかを、私たちは身を以て体験し痛感した。西洋近代文化の摂取にとって、明治以後八十年の歳月は決して短かすぎたとは言えない。にもかかわらず、近代文化の伝統を確立し、自由な批判と柔軟な良識に富む文化層として自らを形成することに私たちは失敗して来た。そしてこれは、各層への文化の普及滲透を任務とする出版人の責任でもあった。

一九四五年以来、私たちは再び振出しに戻り、第一歩から踏み出すことを余儀なくされた。これは大きな不幸ではあるが、反面、これまでの混沌・未熟・歪曲の中にあった我が国の文化に秩序と確たる基礎を齎らすためには絶好の機会でもある。角川書店は、このような祖国の文化的危機にあたり、微力をも顧みず再建の礎石たるべき抱負と決意とをもって出発したが、ここに創立以来の念願を果すべく角川文庫を発刊する。これまで刊行されたあらゆる全集叢書文庫類の長所と短所とを検討し、古今東西の不朽の典籍を、良心的編集のもとに、廉価に、そして書架にふさわしい美本として、多くのひとびとに提供しようとする。しかし私たちは徒らに百科全書的な知識のジレッタントを作ることを目的とせず、あくまで祖国の文化に秩序と再建への道を示し、この文庫を角川書店の栄ある事業として、今後永久に継続発展せしめ、学芸と教養との殿堂として大成せんことを期したい。多くの読書子の愛情ある忠言と支持とによって、この希望と抱負とを完遂せしめられんことを願う。

一九四九年五月三日

角川文庫ベストセラー

石原慎太郎と都知事の椅子　神一行

次々に大胆な政策を打ち出し、論議を呼ぶ石原都政はどこへ行くのか——。官僚論第一人者が都知事の権力システムと新しいリーダー像に鋭く迫る!

天皇家の人々　皇室のすべてがわかる本　神一行

東京の中心に住まう天皇と皇族たち。その素顔、日常生活から伝統的な宮中祭祀、財政、皇室を支える組織まで、皇室のすべてを解説する。

閨閥　改訂新版　特権階級の盛衰の系譜　神一行

複雑かつ緊密に婚姻関係を結び自らの権力・権益を世襲させていく政・官・財のトップたち。その頂点にある天皇家。支配者たちのネットワーク!!

心狸学・社怪学　筒井康隆

本書は専門的学術書ではありません。間違っても大学のレポートなどに使用しないでください。筒井康隆流に学問の真髄を伝える爆笑小説集です。

時をかける少女　筒井康隆

時間を超える能力を身につけてしまった思春期の少女が体験する不思議な世界と、あまく切ないときめき。時を超えて読み継がれる永遠の物語。

日本以外全部沈没　パニック短篇集　筒井康隆

地殻の大変動で日本列島を除く陸地が海没、押し寄せた世界のセレブに媚びを売られ、日本と日本人は……。痛烈なアイロニーで抉る国家の姿。

陰悩録　リビドー短篇集　筒井康隆

男と女、男と神様、時には男と機械の間ですら交わされる嫌らしくも面白く、滑稽にして神聖な行為。人間の過剰な「性」が溢れる悲喜劇の数々。

角川文庫ベストセラー

怒る技術　中島義道
上手な怒り方、お教えします！ 自分の感性と言葉を他人に奪われないために。怒りを感じ、育て、相手にしっかり伝えるための「怒り」の哲学エッセイ。

その辺の問題　中島らも　いしいしんじ
獣姦するならどの動物？ 毒物を食べたらどうなる？ など脳味噌を溶かしてしまう笑いが満載！ その辺に転がる問題を語り尽くした爆笑対談エッセイ！

寝ずの番　中島らも
上方落語界の重鎮、橋鶴——今まさに臨終のとき。「そ、そそが見たい……」。果たして、そそ、とはなんのことか？

ひめゆりの塔をめぐる人々の手記　仲宗根政善
太平洋戦争末期、日本国土で唯一戦場となった沖縄では二十数万の犠牲者を出した。ひめゆり学徒の引率教師であった著者が綴った戦争の実録。

死国　坂東眞砂子
莎代里《さより》は帰ってきました昔のまんまの姿で——日本人の土俗的感性を呼び起こす、傑作伝奇ロマン。直木賞作家の原点がここに！

狗神　坂東眞砂子
血と血を交らせて先祖の姿蘇らん——土佐の犬神伝承をもとに、人の心の深淵に忍び込む恐怖を描いた傑作伝奇ロマン小説！

身辺怪記　坂東眞砂子
ベストセラー『死国』の著者が、怖い話を書く度に体験した不思議な出来事を綴ったエッセイ集。ゆめゆめ、怖い話を侮るなかれ。

角川文庫ベストセラー